双葉文庫

オリジナル 長編びんびんエロス

蘇えれ！淫狼

橘真児

目次

※この作品は２０１７年5月11日～8月24日まで「日刊ゲンダイ」に連載され、5月25日～9月7日まで双葉社ホームページ（http://www.futabasha.co.jp/）にも連載された作品に加筆訂正したオリジナルで、完全なフィクションです。

第一章　ねばったモン勝ち

1

ニッポンのサラリーマンは、出社前から闘っている。それも、本来の仕事とは関係のないところで——。

どこの誰が言ったのか、今となっては思い出せない。あるいは本で読んだのだろうか。

だが、館邦彦《たてくにひこ》は、そのことを日々実感していた。しかも、二十年近くの長きにわたって。

彼もまた、ニッポンの闘うサラリーマンだからである。

朝の通勤ラッシュ。四方八方から押し寄せる人波に揉まれ、からだの自由を奪われる。

これはまさに闘いなのだ。

（くそ。そんなに押すなよ）

心の中で愚痴《ぐち》ったところで、どうなるものでもない。

いや、仮に声を出したところで、共感を得られることはないだろう。お前こそ押すんじゃないと、言い返されるのがオチだ。周りのみんなも同様に闘っているのだから。

よって、ひたすら堪《た》え忍《しの》ぶしかない。

三十分足らずといえども、厄年《やくどし》の四十二歳の肉体には、満員電車はかなり負担が大きい。何年経っても慣れることのない試練に、邦彦は眉間《みけん》のシワを深く刻んだ。

しかしながら、今日はいくらかマシと言える。すぐ前にいてぴったりと密着しているのが、若いＯＬだったからだ。

背中を向けているから、顔はわからない。けれど、肩にかかる黒髪は、ストレートでサラサラだ。シャンプーの香りも爽《さわ》やかで、これぞ美人に不可欠な要素である。

太腿《ふともも》のあたりに、ヒップの豊かな弾力も感じられた。いかにももっちりぷりぷりで、つい不埒《ふらち》なことをしてしまいそうになる。

かと言って、そんな真似《まね》は絶対にできない。バレずに痴漢を働ける自信などなかったし、捕まったら社会的生命を奪われてしまう。

いや、疑われるだけでも身の破滅だ。

邦彦は吊革《つりかわ》の下にいたので、そこに両手で摑《つか》まった。手を下ろすんじゃないぞと、自《みずか》らに言い聞かせて。

そして、意識を目の前の美女から逸《そ》らすべく、車内吊りの広告に目を向ける。

そこにあったのは、男性向け週刊誌のものだった。カバーガールであろう、メイクの濃い美女の写真の隣に、知性のかけらもない文言《もんごん》が、派手な書体で躍《おど》っていた。こういうところに名前を載せられる有名人たちは、この猥雑《わいざつ》な広告を目にして、どんなことを思うのか。

『男性力を取り戻せ！』

特集記事らしい見出しに、ふと興味を惹《ひ》かれる。日本男児に男らしさを鼓舞《こぶ》する内容かと思ったのである。

ところが、添えられた小見出しの羅列《られつ》から、精力増強に関するものだとわかった。要は体裁《ていさい》だけ整えたセックス記事である。

（男性力……ものは言いようだな）

まあ、勃起《ぼっき》とかエレクトなんてストレートな単語は、こういう広告では使えまい。苦肉の策だろう。

とは言え、男の力はセックスに関することばかりではあるまいと鼻白《はなじろ》む。ただ、自分はどうなのかと考えて、邦彦は不安を覚えた。

（そういや、いつオナニーをしたっけ？）

四十二歳で独身。二十代から三十代にかけて、彼女がいたこともあったけれど、別れてからはずっと独りである。

ごくたまに風俗へ立ち寄ることはあっても、欲望処理に用いるのは、基本的に右手のみだ。プライベートは実にわびしい。

実は仕事のほうも、未《いま》だに主任止まりだったりする。同期が次々と出世していく中、取り残された状況だ。そちらも正直ぱっとしない。

もしも恋人と別れることなく、そのままゴールインしていたら、いくらかマシな人生を送っていたのだろうか。

邦彦が同い年だった恋人と一緒にならなかったのは、その頃は結婚願望などなかったからだ。むしろ、しばらく独身を謳歌《おうか》したいと考えていた。

彼女のほうは、早く嫁《とつ》ぎたいと望んでいたようである。邦彦の前で、これ見よがしにその手の雑誌を広げることもあった。

いや、ストレートに結婚という言葉を口にしたこともあったのだ。ところが、邦彦はいつも生返事。煮え切らない態度に愛想を尽かし、彼女のほうが離れていった。

ショックだったのは確かでも、深刻に落ち込むことはなかった。悔《くや》しさを誤魔《ごま》化《か》し、いずれまた新しい相手が見つかるさと、自らにうそぶいた。男として、大した魅力もスキルもないくせに。

あれから早十年。結局、彼女ができることはなく、四十路《よそじ》を越えて未だに独身である。

仕事中はそうでもなくとも、独り住まいのアパートに帰ると寂しさにかられる。やるせないままに缶ビールをあおり、ふて寝する夜も多い。

それでもオナニーは忘れることなく、定期的に欲望を放出していたのである。だが、前回いつしただろうかと振り返り、邦彦は落ち着かなくなった。

(ひょっとして、もう一週間ぐらい射精してないんじゃないか？)

しばらくティッシュを使った記憶がない。ここまで間隔《かんかく》があいたのは、精通《せいつう》以来初めてではないだろうか。

本厄《ほんやく》の年齢でも、そこまで肉体の衰《おとろ》えは感じていなかった。けれど、精力はすでに枯れ始めているというのか。

現に今も、満員電車で若いOLと密着しているのに、ムスコはおとなしいままだ。髪の匂いとヒップの弾力にムラムラしても、肉体に反応は現れていない。かと言って、本当に勃起して、強《こわ》ばりを彼女の背後に押しつけようものなら、痴漢と間違われて悲鳴をあげられる。ひと悶着《もんちゃく》起こるのは確実だ。

それはそれでまずいのであるが、この年でペニスが排尿器官のみに成り果てるのは、痴漢冤罪《えんざい》以上につらい。定年前に余生を迎えるようなもの。ノー勃起、ノーライフだ。

(ていうか、朝勃《あさだ》ちもしてないかも)

起きたらギンギンが当たり前だったから、特に意識などしていなかった。しかし、今朝もそうだったかと訊《たず》ねられたら、イエスとうなずける自信がない。かつては朝一のトイレに苦労するほど、反《そ》り返っていたというのに。

衰えているのは肉体ばかりではなかった。気持ちというか欲望も、枯れている気がする。

エロ本もアダルトビデオも、ここしばらく目にしていなかった。本屋もレンタルショップも素通《すどお》りだ。

身近にいる女性に興味を惹かれることはあっても、美人だな、可愛いなと思うのみ。性的な欲望に直結しない感想しか持たなかった。やりたいなんて気持ちは、もはや過去のものだ。

これはまさに、週刊誌の中吊り広告にある男性力が、涸渇《こかつ》している状況と言えるのではないか。

（まずい……まずいぞ）

こんな調子では、いずれ恋人ができても、いざというときに勃たないか、中折れで終わる可能性が大だ。結婚だって諦《あきら》めていないのに、その前に男として終了では元も子もない。

このまま老いの境地に達してなるものか。おれはまだまだ若いのだ。

（よし、まずは勃起と朝勃ちを取り戻さなくては！）

奮起したことで海綿体《かいめんたい》が目を覚ましたらしい。ペニスが今さらムクムクとふくらみだす。

（あ、やばい）

幸いにも電車がホームにすべり込み、前にいたＯＬに欲望反応を気づかれることはなかった。腰を引き気味にして、足早に電車を降りる。

邦彦は駅を出ると、会社ではなく真《ま》っ直《す》ぐコンビニに向かった。くだんの週刊誌を買うためである。

店員が学生っぽい女の子だったので、必要もないガムも添えてレジへ出す。怪しげな記事の週刊誌が目的だと、思われたくなかったのだ。エロビデオを借りるとき、観もしない映画のあいだに挟《はさ》むのと一緒である。

もっとも、くだんの週刊誌の特集記事がどんな内容かなんて、若い娘が知るはずもない。それに、冴《さ》えない四十男が何を買おうが、気に留めることもないだろう。まったくもって自意識過剰である。

ともあれ、邦彦は無事、目的のものを手に入れることができた。

2

事務用品を扱う会社に勤める邦彦は、営業部に所属している。今日は午後から取引先を訪れる予定が入っていた。

いつもは社用車を使うが、今日の移動は電車だった。おかげで、移動時間を読書に費《つい》やすことができる。

もっとも、高尚な本を読むわけではない。邦彦が鞄《かばん》に入れていたのは、今朝コンビニで購入したばかりの、精力増強の特集記事が組まれた週刊誌だった。

もともと知的要素の乏しい男性週刊誌である。かなりのページ数を割いたその特集も、怪しげな内容が多かった。

おまけに、記事の中に猥雑な体験記が挿入《そうにゅう》され、ヌードグラビアの袋とじも挟まれていた。いたずらに劣情《れつじょう》を誘う構成だ。

男性力を取り戻したら、オナニーをしろというのか。いや、オナニーで男性力を高めさせる意図なのかもしれない。

ともあれ、煽情的《せんじょうてき》なエロ記事であっても、四十二歳にして衰えを自覚し、精力を高めねばと藁《わら》にも縋《すが》る心境になっていた邦彦には、金科玉条《きんかぎょくじょう》のごとく映った。これを読めば金玉極上《きんたまごくじょう》に違いないと信じられるほどに。

特に参考になると思ったのは、食事に関するものであった。

精力を高める食材として紹介されていたものは、簡単に手に入るものばかり。今日からすぐにでも実践できそうだ。

（へえ、精力増強には牡蠣《かき》がいいんだな）

海のミルクと呼ばれる牡蠣には、亜鉛《あえん》やタウリン、アルギニンが含まれているという。

亜鉛が精力を高め、タウリンが活力をもたらし、アルギニンが血行を良くするとのこと。まさに至れり尽くせりだ。

(海のミルクだけに、牡蠣を食べてマスをかき、男のミルクを出すわけか)

くだらないことを考えて、ひとりほくそ笑む。牡蠣は好物だから好都合だ。

また、ネバネバのある食べ物もいいらしい。たとえば、納豆《なっとう》や山芋《やまいも》、オクラといったものだ。

そこに含まれるムチンという成分は粘膜《ねんまく》を保護し、老化を防止するという。スタミナ増強の効果もあるようだ。

ムチンで剥《む》けチンと、またもしょうもない駄洒落《だじゃれ》を考えた邦彦であったが、

(よし、今夜は牡蠣フライと、あとはネバネバ食品をいただこう)

早々にメニューを決定し、仕事終わりに自宅近くのスーパーに寄った。総菜売り場で牡蠣フライを求め、他に納豆と山芋、マグロのぶつ切りとキムチも買う。

(これで今日からギンギンだ)

と、気分を浮き立たせて。

レジ袋を手にアパートへ帰り、部屋の鍵を開けたところで、隣室のドアが開い

た。

「お帰りなさい、館さん」

笑顔で声をかけてくれたのは、お隣に住む未亡人、朝宮美也子《あさみやみやこ》であった。

「あ、ど、どうも」

邦彦はしどろもどろで挨拶《あいさつ》を返した。

「これ、おかずを作りすぎたので、よかったら食べてください。お口に合えばいいんですけど」

彼女が小鉢《こばち》を差し出す。どうやらそれを渡すために、帰りを待っていたらしい。

「ありがとうございます。ええと、これは？」

「オクラとモロヘイヤの和《あ》え物《もの》です」

邦彦はドキッとした。どちらも精力を高めるネバネバ食品ではないか。

(美也子さん、おれとヤリたいのか⁉)

つい不埒なことを考えてしまう。

以前住んでいたアパートが老朽化《ろうきゅうか》で取り壊されることになり、邦彦は三年前、ここへ越してきたのである。そのときに隣の美也子に挨拶をして、ひとり暮らしの彼女が未亡人であると知った。

べつに、邦彦が根《ね》掘《ほ》り葉《は》掘《ほ》り訊《き》きだしたわけではない。美也子が自分から話したのだ。

夫を亡くして年月が経っており、すでに悲しみは癒《い》えていたようである。八歳年下であることも、そのときにわかった。

現在三十四歳の未亡人は、見た目は清楚《せいそ》でおとなしい印象だ。だが、決して非社交的なひとではない。

現に初対面のときも、邦彦にあれこれ打ち明けたのだから。その後も挨拶を交わしたり、立ち話をしたりする程度の交流はあった。

しかし、おかずを分けてくれたのは、今回が初めてである。それが精力を高めるネバネバ食品の和え物だったから、つい深読みをしてしまったのだ。

加えて、美也子が魅力的な女性ゆえ、期待した部分もあったろう。

耳目《じもく》を集める美人というわけではない。けれど、柔和《にゅうわ》な面差《おもざ》しを前にすれば、男なら誰しも甘えたくなるのではないか。ひと当たりのよさが、そのまま容貌《ようぼう》に現れていた。

今はトレーナーにジーンズという地味な格好だが、熟れたボディからは色気が匂い立つよう。下半身のむっちり具合にもそそられる。

それはともかく、寂しい独身男におかずを分けてくれるとは、なんて優しいひとなのか。もしかしたら最初から食べてもらうつもりで、多めに作ったのかもしれない。

などと憶測《おくそく》したものの、

「今日は特売日で、オクラとモロヘイヤが特に安かったものですから、つい買いすぎてしまったんです」

美也子がにこやかに述べる。さすがに気の回しすぎだったようだ。

まあ、仮にそのとおりだったとしても、こちらに好意を持っていなければ、わざわざ帰りを待って手渡すことはあるまい。と、いいように解釈する。

「ありがとうございます。さっそくご馳走《ちそう》になります」

邦彦は感激をあらわに頭を下げ、自分の部屋へ入った。

(よし、今夜はネバネバ三昧《ざんまい》だ)

胸を躍らせて夕餉《ゆうげ》の準備をする。とは言え、マグロにトロロをぶっかけ、納豆とキムチを混ぜるぐらいなのだが。

あとは買ってきた牡蠣フライと、戴《いただ》き物の和え物も部屋のテーブルに並べる。

缶ビールも用意すれば、ひとりで食べるわびしい食卓が、やけに豪華なものに映った。

「いただきます」

まずは隣の未亡人と、続いて勃起の神様に手を合わせる。どうかチンコが勃ちますようにと。

納豆キムチは、例の週刊誌で紹介されていたメニューだ。納豆のネバネバ以外にも、キムチに含まれるニンニクが活力と血行を促《うなが》すという。

また、どちらも発酵《はっこう》食品なので、腸内環境を整えて、男性ホルモンの生成を助けるとのこと。勃起力を改善するスタミナ食だと、やけにプッシュされていた。

これでムスコが元気になったら、美也子とキムチいいことがしたい。などと品のない妄想《もうそう》をしながら、邦彦は缶のプルタブを引いた。まずはビールをゴクゴク飲み、喉《のど》を潤《うるお》す。

続いて、納豆キムチに箸《はし》をつけた。

（うん、うまい）

邦彦は笑みをこぼした。

キムチの辛さと酸味を、納豆が和《やわ》らげてくれる。クセはあるものの、全体にまろやかな味わいで食べやすい。ビールも進む。

次はマグロの山かけ。安定した旨《うま》さだ。ワサビの刺激もたまらない。

何より、白いトロロをズズッとするだけで、精力がつく気がする。モノが似ているから、ザーメンが増えるように錯覚《さっかく》するのだろうか。

もちろん、本物の精汁《せいじゅう》はとても飲めないが。

未亡人が作ってくれた、オクラとモロヘイヤの和え物も絶品だ。酢味噌《すみそ》の味つけが食欲をそそる。ネバネバのおかげで軽やかに喉を通り、いくらでも食べられそうだ。

（ありがとう、美也子さん）

感謝して、たちまち平らげてしまう。

牡蠣フライも大粒でジューシー。いかにもエキスがたっぷりという感じで、全身に活力が漲《みなぎ》るようである。

「ふふん。歓喜《かんき》の空へフライ・アウェー」

浮かれて適当な歌を口ずさむ。

さすがに一食だけで精力はつかないだろう。だが、今後も続けることで、下半身に青春を取り戻せるに違いない。

いや、この場合は性春と言うべきか。

スタミナ食品に舌鼓《したつづみ》を打ち、ビールで軽く酔う。久しぶりに充実した夕食だなと悦に入っていたとき、

《——あん》

セクシーな声がして、邦彦はドキッとした。

(え、何だ?)

思わず動きを止め、耳をそばだてる。精力が高まったせいで発情モードになり、幻聴《げんちょう》を聞いたのか。

しかし、そうではなかった。

《あ、ダメ……》

小さな声ながら、今度はしっかりと聞こえた。隣の部屋からだ。

(それじゃ、これは美也子さんの!?)

隣室の未亡人が、艶声《つやごえ》の主だというのか。

男性を連れ込んでいる様子はなかった。そもそも他に食べる人間がいれば、おかずのおすそ分けなどしないはずだ。

つまり、彼女はひとりでいやらしい声をあげていることになる。

(美也子さんがオナニーをしてる!)

清楚な未亡人が自らをまさぐる場面が浮かび、全身が熱くなった。

この部屋に越してきて三年になるが、彼女の秘めやかな声が聞こえたことは、一度としてない。淑《しと》やかな未亡人ゆえ、自ら快感を得る習慣を持たなかったようだ。

それが今になってというのは、三十四歳の成熟した肉体が、いよいよ独りでいることに我慢できなくなったからではないのか。

(じゃあ、おれにネバネバ食品を持ってきたのも、願望の表れだとか?)

精のつく料理を与え、さらによがり声で隣の男を欲情させ、誘惑しようと目論《もくろ》んでいるのだとか。だとすれば、これはわざと聞かせていることになる。

(いや、美也子さんに限って――)

そんなはずはないとかぶりを振っても、煽情的な声が下半身を直撃する。股間《こかん》の分身が雄々《おお》しくいきり立ち、反り返って下腹にへばりつく。早くも情欲の熱い雫《しずく》を溢れさせる、猛々《たけだけ》しいまでのエレクトだ。

(おお、チンコが勃った)

などと感激している場合ではない。昂《たかぶ》りと好奇心に操《あやつ》られ、邦彦は隣室との境の壁に耳を押し当てた。

3

《ああ、イヤ……》

隣室から聞こえる色っぽい声。三十四歳の麗《うるわ》しい未亡人、美也子が自慰《じい》に耽《ふけ》っているのだと決めつけ、邦彦は鼻息を荒くした。

(くそ、よく聞こえないな)

壁に耳を密着させたものの、期待したほど明瞭《めいりよう》ではない。もしかしたら、向こうの壁際《かべぎわ》に家具が置いてあるのだろうか。

邦彦は絶好の盗み聞きポイントを探し、壁のあちこちに耳を当てた。こちらも壁際にはテレビだのカラーボックスだのが置いてあるから、それらを避けてからだを伸ばしたり、腰を折り曲げたりして。

そして、ようやくはっきりと聞き取れる場所を探し当てる。

邦彦はカラーボックスを避けるために爪先立《つまさきだ》ちになり、腰をねじらねばならなかった。けれど、未亡人のよがり声を聞くことができるのだ。この程度は少しも苦ではない。

《こんなの、いけないのに》

後悔を滲《にじ》ませた声音《こわね》に、胸が締めつけられるよう。そのとき、

《あなた……ああ、許して》

謝罪の言葉にドキッとする。

どうやら彼女は、亡き夫のことを思い出しているらしい。はしたなく悦《よろこ》びを求める自らに、罪悪感を覚えているようだ。

(なんて慎《つつし》み深いひとなんだろう)

邦彦は感激し、怒張《どちょう》したペニスを脈打たせた。そもそも本当に慎み深いのなら、隣室によがり声を聞かせるはずがないと気づきもせずに。

(ひとりでするぐらいなら、おれが相手をしてあげるのに)

図々《ずうずう》しいことを考えながら、もうちょっとはっきり聞こえないかと、耳の位置をずらす。ところが、もともと不安定な体勢だったため、バランスを崩した。

「あっ」

思わず声を上げたときには、すでに遅かった。

畳《たたみ》に足を滑らせ、からだが一瞬宙に舞う。脇腹《わきばら》をカラーボックスに思い切りぶつけたあと、そのまま背中から落ちた。

ドスン――。

大きな音が響く。部屋が少し揺れたようだ。

「ううううう」

背中を強く打ったために、呼吸がうまくできない。邦彦は畳の上でもがき、呻《うめ》いた。

すると、ほとんど間を置かずに、部屋のドアがノックされる。

「館さん、どうかされましたか？」

美也子の声だ。かなりの音と振動に驚き、様子を見に来たらしい。

（だ、大丈夫です――）

そう言いたかったのだが、喉が詰まって声が出ない。脇腹もズキズキするし、脹《ふく》ら脛《はぎ》も攣《つ》りそうになっていた。

（うわあ、地獄だよ、これは）

いい年をして盗み聞きなどしようとしたから、罰《ばち》が当たったのか。

苦しくて情けなくて、涙がこぼれそうになる。そのとき、ドアの開く音がした。部屋にいるときは、だいたい鍵をかけないのだ。

「だ、大丈夫ですか⁉」

八畳間に入ってきた未亡人が、目を丸くして訊ねる。返事がないのを心配し、ここまで来てくれたのだ。

（ああ、美也子さん）

彼女の優しさに感激し、邦彦はとうとう涙をこぼした。こんな素敵なひとのプライベートを盗み聞きしたことに、罪悪感もふくれあがる。

そのとき、

（あれ？）

邦彦は不意に気がついた。隣の部屋から、例の色っぽい声が聞こえていることに。

てっきり美也子のよがり声だと思ったのである。ところが、彼女はここにいるではないか。

おまけに、喘《あえ》ぎ声に被《かぶ》さるようにして、物憂げな音楽が流れ出した。

（じゃあ、これはテレビの音なのか！）

ドラマか映画か定かではない。けれど、きっと美也子だと頭から決めつけたものだから、女優の艶技《えんぎ》だとわからなかったのだ。

それを盗み聞きしてずっこけ、要《い》らぬ苦しみを味わっているわけである。因果《いんが》応報《おうほう》というか、やはり罰が当たったのだ。

「どこか痛いんですか？」

彼女が脇に膝《ひざ》をつき、顔を覗《のぞ》き込んでくる。ようやく声が出るようになった邦彦は、心配させてはいけないと首を横に振った。

「い、いえ、ちょっと転んだだけなので、大したことは——あ、ああ、いててててっ！」

たまらず悲鳴をあげたのは、攣りかけていた脹ら脛がピキッと裂《さ》けたからだ。いや、本当に裂けたわけではない。鋭い痛みが走り、そんな錯覚を起こしたのである。

「どうしたんですか？」

うろたえる未亡人に、邦彦は身をよじって打ち明けた。心の中で、ごめんなさいと謝《あやま》りながら。

「ううう、あ、脚が攣ったんです」

「え、どちらですか？」

「右脚です。脹ら脛のところ——」

皆まで聞かずに、美也子は邦彦の右脚を持ちあげた。踵を自身のお腹に当てると、爪先を摑んで向こう臑《ずね》の側に反らせる。

さらに、ズボンの裾《すそ》をたくし上げ、筋肉が強ばっている脹ら脛を、もう一方の手で慈《いつく》しむようにマッサージしてくれた。

「ああ……」

邦彦は畳に背中をつけ、大きく息をついた。痛みはすぐに引かなかったが、この上なく心地《ここち》よい気分にひたったのである。

(なんていいひとなんだろう)

不埒な考えが祟《たた》ってドジを踏み、騒ぎを起こしたのに、ここまで心配し、いたわってくれるなんて。まったく、天使のようなひとだ。

「いかがですか?」

訊ねられ、邦彦は鼻をすすった。

「ええ……とても気持ちいいです」

「痛くないですか?」

「はい。美也子さんのおかげで、すごく楽になりました」

答えたところで、異変に気がつく。脇腹と背中を打った痛みで萎《な》えたはずのペニスが、再び大きくなっていたのだ。

しかも、ズボンの前を突き破らんばかりの勢いだ。さっき以上に猛々しく脈《みゃく》打《う》っている。

（え、どうして!?）

邦彦は焦った。美也子のほぼ目の前に、股間があるからだ。

彼女は手当てに集中しており、欲望のテントに気がついていない。しかし、バレるのは時間の問題だ。

（ていうか、どうして勃起したんだ？）

攣りかけた脹ら脛を優しくマッサージされ、快《こころよ》いのは確かである。けれど、これは性的なものとは違う。欲情する要素などない。

だとすると、精力を高める食べ物の効果が現れたというのか。牡蠣フライに納豆キムチ、それから、美也子におすそ分けされた、オクラとモロヘイヤの和え物などの。

いや、食べて一時間も経っていないのだ。そこまで即効性はあるまい。

ならば他の理由がと考えて、邦彦は不意に思い出した。

（まさか、このマッサージが——）

今日読んだ、精力増強が特集された週刊誌の記事。あの中に、脹ら脛のマッサージには精力を高め、勃起を促す効果があると書かれてあったのだ。

脚の筋肉とペニスに関連はなさそうだし、眉唾ものだと正直信じていなかった。だが、考えてみれば、オナニーのときに脹ら脛が攣ることがあるではないか。逆もまた真なりで、脹ら脛が気持ちいいとペニスが攣る——すなわち猛々しくなるのかもしれない。

現に、分身はまったくおさまる気配もなく、今にも破裂しそうに充血しているのである。

「え？」

美也子の手が止まる。見開かれた目が、股間のみっともない隆起《りゅうき》に真っ直ぐ向けられていた。

（ああ、バレてしまった）

恥ずかしくて頬《ほお》が熱くなる。情けなさにも苛《さいな》まれ、邦彦は素直に謝った。

「すみません、こんなときに」

「あ、いえ……」

彼女はうろたえ気味に視線をはずし、目を泳がせた。頬がほんのりと朱《しゅ》に染まっている。

怒っている様子はなくて、邦彦はとりあえず安心した。マッサージも再開される。

そのとき、ジーンズに包まれた熟《う》れ腰《ごし》が、悩ましげにモジついているのを目撃した。

(待てよ。美也子さん、テレビでベッドシーンを見てたんだよな)

声だけでライブだと勘違いしたほどに生々しく、濃厚な感じだった。熟れたからだの未亡人が、劣情を煽られたとしても不思議ではない。

そして、もしもその影響が残っているのだとすれば——。

(お願いすれば、これを何とかしてくれるんじゃないか?)

いきなりセックスは無理としても、手の愛撫《あいぶ》ならどうだろう。

何しろ、自ら脹ら脛マッサージを施してくれるような、優しいひとなのだ。必要と認めれば、ペニスもマッサージしてくれるかもしれない。

もっとも、こちらから一方的に頼んでも、断られる可能性が大だ。それをしなければならない気持ちにさせる必要がある。

それにはどうすればいいのか。邦彦は瞬時に計略《けいりゃく》を巡《めぐ》らせた。

「本当にすみません。べつに、変なことを考えたわけじゃないんですけど」

「ええ、わかってます」

本当にわかっているのかどうか疑問だったものの、今はそこを追及する必要はない。

「おれもういい年ですから、正直、下半身も元気がなかったんです」

「……そうなんですか？」

「はい。だけど、ここまでギンギンになったのは、美也子さんのおかげでもあるんです」

露骨な告白に、未亡人が怪訝《けげん》な面持《おもも》ちを見せた。

4

「え、わたしの？」

訊き返した美也子の眉間に、浅いシワができる。自分が勃起の原因であると言われたのだ。疑念を抱くのは当然だろう。

「はい。美也子さんにいただいた和え物のおかげで、元気になったんです」

「和え物って、オクラとモロヘイヤの？」

「ええ。ああいうネバネバ食品には、ムチンという成分が含まれていて――」

週刊誌で仕入れた知識を披露すると、彼女は戸惑《とまど》い気味にうなずいた。おすそ分けをしたのが精力を高める料理だと、言われてようやく理解したようである。

つまり、そんな効能があるとは知らなかったのだ。

「だから、おれのアソコを元気にするために、美也子さんはあれを作ってくれたのかと喜んでいたんです」

末亡人は焦《あせ》りをあらわにかぶりを振った。

「わ、わたし、そんなつもりじゃ――」

「え、違うんですか？　あと、脹ら脛のマッサージも、男を元気にするんですけど」

「ええっ⁉」

脹ら脛に添えていた手を、美也子は慌ててはずした。

「本当なんですか、それ？」

「はい。雑誌に書いてありました」

「そんな……わたし、脚が攣ったと聞いたから、マッサージをしただけなんです」

うろたえて弁明する彼女は、頬を真っ赤に染めている。目も泣きそうに潤んでいた。牡《おす》を奮《ふる》い立たせるために、奉仕したわけではないのだ。

（ちょっと意地悪すぎたかな）

罪悪感を覚えたものの、今は欲望が勝《まさ》っている。邦彦は心を鬼にして、責任転《てん》嫁《か》の言葉を告げた。

「もちろん、美也子さんが親切でしてくださったのはわかっています。ただ、そのせいで、おれのそこが大きくなったのも事実なんです」

決して責める口調ではなかった。ところが、幸か不幸か、美也子は重く受け止めたようである。

「わたしが……したから――」

打ちのめされた表情を見せられ、胸が痛む。しかし、今さら後には引けない。

「あの、せっかくなので、お願いしてもいいですか？」

「え、なんですか？」

「おれのそれを、何とかしてほしいんです」

「何とかって……」

「手でいいですから、しごいて楽にしてくれませんか？」

今は独り身でも、かつては夫がいたのだ。どういう意味なのか、容易に理解できたであろう。

現に、彼女は顔色を変え、唇を震わせた。

「そ、そんなことできません！」

即座に拒《こば》んだものの、視線が牡の股間に向いている。勃起が気になっているようだ。

（よし。粘ればなんとかなりそうだ）

精力を高めるネバネバ食品を見習い、希望が叶うまで食いさがらねばならない。それが快楽への道なのだ。

「お願いです。こんなこと、美也子さんにしか頼めないんです」

上半身を少しだけ起こし、邦彦は懇願《こんがん》した。だが、手コキをお願いされ、慎み深い未亡人が簡単に了承するはずがない。

「ど、どうしてわたしなんですか？」

美也子が涙目で睨《にら》んでくる。

「だって、やっぱりそういうことは、魅力的な女性からしてもらいたいじゃないですか。おれの身近にいる、いちばんチャーミングな女性は、美也子さんだけなんです」

彼女が一瞬返答に詰まったのは、褒《ほ》め言葉が胸に響いたからに違いない。

「だからって──だいたい、そういうことは他人に頼むんじゃなくて、自分でなさったらいいじゃないですか」

言ってから、美也子が狼狽《ろうばい》をあらわにする。オナニーを勧めるなんて、はしたないと思ったのだろう。

「でも、自分ですると、また脚が攣りそうなんです。イキそうになると脚がピンと伸びるから、危ないんですよ」

「だったら、わたしがしても同じことだわ」

「いいえ。してもらうと快感に集中できるからか、不思議と攣らないんです。だけど、自分ですると、早く射精しようとするためなのか、脚が自然と伸びてしまうんです」

邦彦が露骨すぎることを口にしたのは、彼女が淫《みだ》らな状況に入りやすいようにと考えてのことだった。

事実、未亡人は困惑しながらも、欲望のテントを何度もチラ見する。もしかしたら、夫のモノをしごいたときを思い出しているのかもしれない。

（よし、もうひと押しだ）

邦彦は縋《すが》る眼差《まなざ》しを向け、真剣に訴えた。

「お願いします。このとおりです。ここまで勃起したのは久しぶりなので、どうせなら気持ちよく精液《せいえき》を出したいんです。美也子さんにしごいてもらえたら、おれはものすごく嬉しいし、きっとたくさん出るはずなんです」

いったい何を言っているのかと、我ながら恥ずかしくなる。

しかしながら、四十路を越えた男が、そこまで正直に打ち明けたのだ。彼女も無下《むげ》に断ることはできまい。

「もう……困ったひとですね」

美也子がため息交じりにつぶやく。持っていた邦彦の脚を、そっと床におろした。

「手でするだけですよ。それ以上は、絶対にしませんからね」

頬を赤らめて念を押され、邦彦は天にも昇る心地であった。ついに願いが叶《かな》ったのだ。

「もちろんです。ありがとうございます！」

喜び勇んで礼を述べ、寝転んだまま、いそいそとズボンを脱ぐ。それも、中のブリーフごとまとめて。気が変わっては元も子もないと、すっかり気が急《せ》いていたのだ。

下腹にへばりつくほどにそそり立つペニスがあらわになる。未亡人は顔を背《そむ》けることなく、その部分をじっと見つめた。

妙に艶っぽく、潤んだ眼差し。亡き夫のものと比べているのだろうか。

「こんなにしちゃって……」

美也子がつぶやく。ナマ唾《つば》を呑《の》んだらしく、白い喉が上下に動いた。

解放された牡器官はいっそう力を漲《みなぎ》らせ、頭部をはち切れそうに紅潮《こうちょう》させる。鈴口《すずぐち》には透明な雫《しずく》が溜《た》まっており、それも彼女はしっかりと目で捉えているはずだ。

（うう、見られてる）

未亡人の清らかな視線を感じるだけで、分身が雄々《おお》しく脈打つ。邦彦は羞恥《しゅうち》ばかりでなく、快感への期待にもまみれていた。

「さ、さわってください」

待ちきれなくてお願いすると、彼女の肩がピクッと震える。

「……わかりました」

脹ら脛を優しくマッサージしてくれた手が、無骨な肉棒《にくぼう》へそろそろとのばされる。さすがに躊躇《ちゅうちょ》したか、寸前で止まったものの、迷いを吹っ切るように強く握られた。

「おおお」

目のくらむ快美が全身を駆け抜け、邦彦はたまらず声を上げた。からだのあちこちがビクビクと痙攣《けいれん》するほどに気持ちがいい。

ところが、美也子はその反応を、痛みを与えたためと思ったようだ。

「あ、ごめんなさい」

焦りを浮かべ、手をパッと離す。放り出された秘茎《ひけい》が、ブーイングをするみたいに頭を振った。

「あ、やめないでください」

邦彦は頭をもたげて訴えた。

「美也子さんの手、すごく気持ちいいです。もっとさわってください」

真剣な眼差しに、彼女が早合点《はやがてん》だと理解してくれる。

「そうなんですか……」

うなずいて、牡の猛《たけ》りを再び握った。

「ううッ」

悦びが体幹《たいかん》を貫く。溢れそうになった声を圧《お》し殺したのは、また手を外されたくなかったからだ。

(最高だ——)

柔らかな指の一本一本が、筋張った筒肉にしっとりと巻きつく。背すじがムズムズする快さに、腰が左右にくねった。

「あん、硬い」

握りに強弱をつけ、美也子が泣きそうに目を潤ませる。三十四歳の未亡人なのに、処女みたいに怯《おび》えた表情を見せていた。

(男のモノを握るのは、久しぶりなんだな)

夫を亡くして以来、貞操《ていそう》を守ってきたに違いない。それを自分が破らせたことに、邦彦は罪悪感を覚えた。

だからと言って、今さら中止にはできない。

「すごく気持ちいいです。おれ、実はずっと前から、美也子さんにこうされたいって思ってたんです」

性処理をしてもらうことのみが目的ではなく、秘めた想いがあったことをそれとなく告げる。ずっと前からというのは大袈裟《おおげさ》でも、好意を持っていたのは事実なのだ。

彼女は無言でうなずくと、手をそっと動かした。強ばりに指をすべらせる。

「ああ、すごくいいです」

邦彦は感動をあらわにし、息をハッハッとはずませた。ペニスが溶けるのではないかと思えるほどの愉悦を、未亡人の手がもたらしたのだ。

強ばりきった分身がもっとしてとねだり、雄々《おお》しい脈打ちを示す。それをたしなめるように、美也子が指に力を込めた。

「もう……館さん、昂奮《こうふん》しすぎですよ」

目元を朱に染め、軽く睨んでくる。その眼差しにもドキドキさせられた。

「すみません。長年の夢が叶って、すごく嬉しいものですから」

「大袈裟ね」

あきれ顔で肩をすくめた熟女であったが、何かに気がついたらしく「あっ」と声を洩《も》らす。

「ひょっとして、最初からわたしにこんなことをさせるつもりで、ここを大きくしたんですか？」

疑いの目を向けられ、邦彦は慌ててかぶりを振った。

「ち、違います。そりゃ、美也子さんに憧れていたのは間違いないですけど、勃起したのは色んな要素が絡み合ってのことなんですから。ネバネバの食べ物とか、脹ら脛のマッサージとか」

「本当に？」

　合点がいかないふうな面持ちを見せながらも、美也子は手を動かしてくれた。乗り掛かった船であり、最後まで面倒を見てあげようという心持ちになっているのではないか。

（いいひとだな、美也子さんは）

　こちらが八つも年上なのに、無性に甘えたい気分になる。彼女自身が醸《かも》し出す包容力に加え、慈しむようなしごき方がそんな心境にさせるようだ。

「気持ちいい……もう、たまんないです」

　膝や腰をわななかせて告げると、未亡人が恥じらって目を泳がせる。

「だったら、早く出してください」

　すぐにでも射精してもらいたいのだろう。手が急かすように動きだす。溢れたカウパー腺液《せんえき》が上下する包皮《ほうひ》に巻き込まれ、クチュクチュと湿った音を立てた。

「わ、わかりました」

うなずいたものの、邦彦はさっきから爆発しないよう我慢していたのである。せっかく麗しの未亡人にペニスをしごかれているのだ。簡単に昇りつめたらもったいない。

(すみません、美也子さん)

心の中で謝りながらも、肉体は貪欲《どんよく》に快楽を求める。射精を抑え込んでいるために、先走り液のみが滾々《こんこん》と溢れ、しなやかな指を淫らにヌメらせた。

「まだですか?」

眉間にシワを刻んだ美也子が、肉根を持ち替える。手が疲れたようだ。

「す、すみません。お手数をおかけして」

自らの浅ましさを、邦彦は申し訳なく感じた。ところが、彼女の一方の手が陰《いん》嚢《のう》にも添えられたものだから、それどころではなくなる。

(え、そんなところも?)

快感で持ち上がった玉袋《たまぶくろ》が、すりすりと撫でられる。同時にペニスもこすられ、邦彦は腰を上下にはずませた。

「あ、美也子さん——」

めくるめく歓喜が襲来《しゅうらい》する。タマとサオの二点責めは、ただしごかれるより何倍も気持ちがよかった。

そのため、望まずとも終末が近づいてくる。

「さ、いっぱい出してくださいね」

邦彦がイキそうになっているとわかったのだろう。美也子は両手の動きをシンクロさせ、牡の性器を巧《たく》みに刺激した。

(うう、や、ヤバい)

頂上が迫り、腰の裏が甘く痺《しび》れる。屹立《きつりつ》の付け根で牡のエキスが煮えたぎり、早く出たいと暴動を始めた。

射精したら、すべて終わりになる。もっと長く愉《たの》しみたいのに、もはや忍耐は風前《ふうぜん》の灯火《ともしび》だった。

それでも、奥歯をぎりりと嚙み締め、精一杯の抵抗を試《こころ》みる。ところが、未亡人がカウパー腺液のヌメリを利用して、敏感なくびれを指の輪でくちくちとこすりあげたものだから、努力を無にされた。

「あああ、そ、そこは――」

邦彦は情けない声を上げ、両膝を曲げ伸ばしした。もちろん、そんなことでオルガスムスを回避できるはずがない。

「う……い、いく」

呻くように告げるなり、甘美の嵐に包み込まれる。目の奥に火花が散ったのと同時に、熱いものが強ばりの中心を貫《つらぬ》いた。

ドクン——。

限界まで堪《こら》えていたためか、かなり濃いザーメンが出る。重みで飛ぶことなく筒肉《つつにく》を伝って流れ、たおやかな指を白濁《はくだく》で汚した。

「あん、いっぱい出てる」

美也子が眉根を寄せる。それでも休みなく手を動かし続けたのは、そうすることで快感が長引くと知っていたからであろう。さすが、かつて人妻だっただけのことはある。

おかげで邦彦は、からだの中心まで染み渡るような深い悦びに、どっぷりと浸ることができた。

(……気持ちよすぎる)

荒ぶる呼吸がなかなかおとなしくならない。過敏になった亀頭《きとう》をしつこくヌルヌルとこすられ、悶絶《もんぜつ》しそうになった。

「も、もういいです」

息も絶え絶えに告げて、ようやく肉棒が解放される。

「すごいわ。ドロドロ」

手指にまといついた白いザーメンを見つめて、美也子がため息をつく。

小鼻がふくらんでいるのは、青くさい匂いを嗅《か》いでいるからに違いない。おそらく、悩ましさを覚えているのではないか。

(これで終わりか……)

気怠《けだる》さを含んだ余韻《よいん》が、もの憂《う》い気分にさせる。楽しい時間が終わったのだという、日曜日の夕方みたいな心境に邦彦は陥《おちい》った。

5

「え、どうして⁉」

美也子の驚いた声に、邦彦はドキッとした。

(何かあったのか？)

確かめるべく頭をもたげたところで、分身が未だそそり立ったままであることに気がつく。そこは鈍い痛みを伴い、力強く脈打っていたのだ。

(まさか……あんなに出したのに？)

未亡人の指を穢《けが》した精液は、絡《から》みついて垂れないほどに濃く、しかもかなりの量だった。二回分も放ったのではないかと思えるほど、快感も大きかった。

にもかかわらず、あれでは満足できなかったというのか。それとも、もっと気持ちよくしてもらいたいと、浅ましい根性が勃起を持続させているのか。

どちらにせよ、精力が減退したと思っていたのである。なのに、今の状態は減退どころか、十代並みのパワーを取り戻していると言える。

これが、牡蠣フライやネバネバ食品の威力《いりょく》なのか。

美也子は戸惑いをあらわにしつつも、筒肉に付着した牡汁《おすじる》をティッシュで丁寧《ていねい》に拭《ぬぐ》った。そうなれば、しなやかな指が再び触れることになる。

「むうう」

邦彦は太い鼻息をこぼし、身をよじった。射精後で粘膜やくびれが過敏になっていたため、指ばかりか薄紙が触れただけでも、腰を浮かせてしまうほどに感じたのだ。

おかげで、ペニスがますます元気になる。

「どうして小さくならないんですか?」

清め終えた秘茎を前に、美也子が途方に暮れた顔を見せる。

「すみません……」

邦彦は仕方なく謝った。どうしてなのかなんて、こっちが訊きたいぐらいだ。

いちおう射精に至ったのであり、これで終わりにされても文句は言えない。けれど、美也子はあらわなままの勃起を見つめ、唇を引き結んだ。パンツを穿《は》くよう促すことなく。

大きくなったものをどうにかしてほしいと頼まれ、彼女は手の愛撫を施《ほどこ》したのである。ところが、どうにかならなかったものだから、責任を感じているのだろうか。自分の愛撫が至らなかったためであると。

邦彦がもういいですと告げれば、その場はそれでおさまったに違いない。しかし、せっかく精力が戻ったのだ。

（だったら、もう一度――）

自分で処理するよりは、未亡人からイカせてもらいたい。そのほうが、ずっと快いのだから。

「あの、そこが小さくならないと困るので、もう一回お願いできますか？」

無遠慮《ぶえんりょ》な要請を、美也子は拒まなかった。しょうがないというふうに息をつき、漲りきった肉器官に指を巻きつける。

「ああ……」

体内に染み渡る愉悦に、邦彦は腰をブルッと震わせた。今日ほど自分を幸せ者だと感じたことはない。

(おや?)

邦彦は気づいた。未亡人の熟れ腰が、なまめかしく揺れていることに。

ペニスが萎えないため、美也子は義務感から愛撫をしてくれるのだと思った。けれど、彼女は自身の欲求に従って、猛る強ばりを握ったのではないか。

(美也子さん、おれが射精するのを見て、昂奮したのかもしれないぞ)

だからこそ、頼まれるままに筒肉を手にしたのかもしれない。白濁のエキスが出るところを、もう一度見たくなって。

それだけでなく、精液の匂いが熟女の子宮《しきゅう》を疼《うず》かせたとも考えられる。かつて嗅《か》いだ夫の青くささが蘇《よみが》えり、たまらなくなったとか。

(まあ、どっちだっていいや)

美也子はもう一度射精させるつもりでいるのだ。ならば、手以外の方法を頼んでみたらどうだろう。

早く済まそうとしてか、彼女の手は最初からリズミカルに肉根を摩擦《まさつ》する。今にもパチンとはじけそうに紅潮した亀頭を、じっと見つめて。

「美也子さん、すごく気持ちいいです」

称賛しても、彼女は無言だった。ただ、満更《まんざら》でもなさそうに背すじを伸ばしたから、厭々《いやいや》やっているのではあるまい。

「だけど、一度出したので、次は時間がかかるかもしれません」

それは美也子も危ぶんでいたようだ。小さくうなずき、やるせなさげにため息をつく。

「でしょうね」

夫もそうだったから、わかるのだろう。

「あの、口でしてもらえませんか？　そうすれば、早く射精すると思います」

口淫《こういん》奉仕を求めると、潤んだ目が向けられる。艶めいた光を帯びており、邦彦の提案を即座に受け入れたかに見えた。

「口で……」

「ええと、無理にとは言いませんので」

いちおう遠慮したものの、彼女は自ら動いた。手にした漲り棒の真上に、顔をゆっくりと伏せたのである。

（美也子さん、おれのを咥《くわ》えてくれるんだ！）

嬉《うれ》しくて、跳びあがりたい気持ちだった。とは言え、不浄《ふじょう》の器官で未亡人の口を穢すことに、抵抗を覚えなかったわけではない。

何しろ、一度おびただしく放ったばかりなのだ。ティッシュで拭き取っても、味や匂いがすべて消えることはあるまい。

しかし、麗しの未亡人にしゃぶってもらえると考えるだけで、目眩《めまい》を起こしそうに昂奮する。

ピンク色の唇から、赤みの強い舌がはみ出す。それは紅潮した亀頭に触れるなり、くるくると回り出した。

「うおおおおっ」

くすぐったさを強烈にした快感が、邦彦に野太い声をあげさせる。裸の下半身をよじり、ブリッジをするみたいに腰を浮かせると、くびれまでが温かな口の中に入り込んだ。

ちゅぱッ——。

舌鼓を打たれ、背すじを快い電流が走る。さらに、亀頭を飴玉《あめだま》みたいにしゃぶられて、歓喜が際限なく高まった。

（美也子さんにフェラチオをされてる——）

これは夢ではないだろうか。

憧れの未亡人による口淫奉仕。昂奮するなと言うほうが無理な話で、邦彦は完全に有頂天《うちょうてん》の体《てい》だった。

「ああ、ああ、あああ」

馬鹿みたいに母音《ぼいん》を吐き出し、手足をワナワナと震わせる。これが射精直後でなかったら、一分と持たずに爆発しているところだ。

いや、今だって長持ちさせられる自信は毛頭《もうとう》なかった。油断すれば、たちどころに昇りつめてしまうだろう。

（イッちゃ駄目だ。我慢だぞ、我慢）

歯を喰い縛り、性感の上昇を抑え込む。

早々に果てたらみっともないと、男としてのプライドがそうさせるのではなかった。こんな幸運は二度とあるまい、簡単に射精してはもったいないという、浅ましい心根《こころね》に因《よ》るものだ。

しかしながら、美也子のフェラチオは決して巧みではなかった。舌づかいは遠慮がちだし、亀頭のみをペロペロと単調に舐めるのみである。

おロでのサービスは、亡き夫にもあまりしてあげなかったのか。それとも、成り行きでこのような行為に及ぶことに抵抗があり、テクニックを発揮できないのだろうか。

どちらにせよ、あまり技巧《ぎこう》を凝らされたら、即座にアウトだったろう。むしろこのほうがよかったと言える。

(うう、気持ちいい)

単調な吸茎《きゅうけい》奉仕でも、感激が悦びを高める。邦彦は腰をくねらせ、鼻息を荒ぶらせた。

黙ったままでは失礼かと、股間に顔を伏せた未亡人に声をかける。

「すごくいいです。もう、たまんないです」

心からの称賛《しょうさん》にも、返事はない。口にペニスを入れているのだから当然だ。

その代わり、チュッと強めに吸ってくれた。

「くはっ」

喉から喘ぎの固まりが飛び出す。さらに、筒肉に巻きついた指の輪が上下に動き、悦びがふくれあがった。

(あああ、ま、まずい)

性感の上昇角度が急になる。余計なことを言わせまいと、さっさと絶頂させるつもりなのか。

美也子が顔を伏せたまま、熱心に施しを続ける。邦彦は尻の穴を引き絞り、募《つの》る快感に逆らった。どうにか上昇を回避できないかと、懸命に考えながら。

そのとき、彼女の艶腰が、さっき以上にモジモジしていることに気がつく。

(美也子さん、やっぱり昂奮してるんじゃないのかな?)

年上の男が昇りつめ、ザーメンがほとばしるところを目撃し、牝《めす》の本能が疼いたのではないか。あるいはその前の、勃起を目の当たりにし、硬いモノをしごいたときから。

彼女も愛撫を欲しているのなら、叶えてあげるべきだ。あくまでもお返しであり、邦彦も声をかけやすい。

もっとも、未亡人の恥ずかしいところを見たいというのが、本音であったが。

6

「あの、美也子さん」

呼びかけると、舌の動きが止まる。ペニスを含んだまま、未亡人が窺《うかが》うようにこちらを横目で見た。

何事かと訝《いぶか》る眼差し。もしかしたら、こちらが求めることを敏感に察したのかもしれない。

「おればっかりが、気持ちよくされるのも悪いです。おれも美也子さんにしてあげたいんですけど」

申し出に、彼女が戸惑うようにまばたきをする。だが、畳にぺたりと坐った熟れ腰が、期待をあらわに揺れたのを、邦彦は見逃さなかった。

「こっちにおしりを向けてくれませんか？　あの、できれば下を脱いで」

より具体的なことを告げると、美也子は勃起から口をはずした。

「ど、どうしてそんなこと」

「おれも美也子さんを気持ちよくしてあげたいからです」

何をするのか言わなかったのは、どこまでさせてもらえるか予想がつかなかったからだ。

邦彦としては、秘められた佇《たたず》まいを目で確認したかったし、できればクンニリングスをと考えていた。無理なら下着越しの、指の愛撫でもいい。それだけでも、関係が大いに進展したと言えよう。

「……わたしはいいです」

唾液《だえき》に濡れたペニスをゆるゆるとしごきながら、美也子が遠慮がちに答える。

完全な拒否ではなく、されてもかまわないというニュアンスだ。

（やっぱりしてもらいたいんだ）

邦彦は確信した。ならば、ペニスを愛撫してもらったときと同じように、とにかく粘るべきである。

「そんなことを言わないで、是非《ぜひ》おれにやらせてください。絶対に、悪いようにはしませんから」

「でも……」

「それに、美也子さんといっしょに気持ちよくなることができたら、おれはすごく昂奮して、精液もすぐに出るはずです」

この場を終わらせるためにも必要だと諭《さと》すことで、彼女も受け入れやすくなるはずだ。

「そうなんですか？」

案の定、美也子はのってきた。

「ええ。ですから、お願いします」

頼み込むと、強ばりの指がはずされる。彼女は腰を浮かせ、ジーンズに手をかけた。

(よし。うまくいったぞ)

さっきほど粘らずに済んだのは、美也子も欲望を感じているからなのだ。

熟れた下半身から、ジーンズが取り去られる。中に穿いていたのは、飾り気のないベージュのパンティであった。

貞節な未亡人に相応《ふさわ》しい、簡素な下着。それも脱いでほしかったが、

「……これで許してください」

薄物《うすもの》が包む豊臀《ほうでん》を、美也子が怖《お》ず怖《お》ずと差し出した。

(ま、仕方ないか)

邦彦はとりあえず受け入れることにした。ナマ尻のほうがいいに決まっているが、清楚な未亡人にいきなりパンティを脱げというのは酷だろう。

それに、これはこれでそそられるものがある。

「もっとこっちへお願いします」

声をかけると、美也子が素直にヒップを向けてくれる。ベージュの薄布がはち切れそうな、たわわな丸みを。

（うう、いやらしい）

三十四歳の、まさに熟れどきという臀部。下着が肌色だから、ナマ尻のように映った。もちろん、秘められたところは見えないけれど。

だが、クロッチに浮かぶ濡れジミを発見し、邦彦は胸を躍らせた。

（やっぱり昂奮してたんだ！）

だからこそ、男に尻を差し出したのだと確信する。そして、愛撫を欲していることも。

ならば、もっと破廉恥《はれんち》なお願いをしても、聞き入れてくれるのではないか。

「あの、おれの胸を跨《また》いでもらえますか？」

求めたのは、シックスナインの体勢である。本来なら秘苑《ひえん》を見せつけるはずの格好も、パンティを穿いているから抵抗なくできるのではないか。

「もう……いやらしいひとですね」

あきれたふうになじったものの、美也子は邦彦の上で逆向きになった。男の眼前に、丸みを大胆に差し出す。

（ああ、すごい）

目の前に迫った熟れ尻は、かなりの迫力だ。今にも押しつぶされそうでありながら、是非そうされたいという切望もこみ上げる。

それはおそらく、なまめかしい酸味臭《さんみしゅう》を嗅いだためもあったろう。

（これが美也子さんの——）

熟成した汗に乳製品を混ぜたみたいな、悩ましさの強いパフューム。淫靡《いんび》なシミを浮かばせたクロッチから漂っているのは、疑いようもなかった。

（もっと嗅ぎたい）

矢も楯《たて》もたまらず、邦彦は未亡人のヒップを両手で捕まえ、自らのほうに引き寄せた。

「キャッ」

悲鳴が聞こえたのとほぼ同時に、肌色の双丘《そうきゅう》が顔に重みをかける。

「むぅ」

心地よい窒息感《ちっそくかん》に、意識が遠のきかけた。

柔らかくも弾力のあるお肉が、顔の凹凸《おうとつ》に合わせてむにゅんと変形する。パンティのなめらかさとも相まって、極上の美感触だった。

しかしながら、邦彦を最も昂らせたのは、密着したことで濃密さを増した、熟女の性器臭であった。

「だ、ダメ」

美也子が焦って腰を浮かそうとする。邦彦はそれを許さず、しっかり抱えた艶腰の中心に、鼻の頭をぐにぐにとめり込ませた。

「くぅうう一ン」

敏感なところを刺激され、未亡人が艶めいた声で啼《な》いた。

クロッチの中心を捉えた鼻頭《はながしら》が、じっとりした湿り気を捉える。かすかに粘ついたそれは、劣情の証《あかし》たる蜜汁《みつじゅう》に違いなかった。

(なんていやらしいんだ！)

やはり男を射精に導いたことが、彼女のからだに火を点けたのではないか。あのあと、表情やしぐさに変化が現れたのだ。

加えて、精液の青くさい臭気が、女の本能に働きかけたのかもしれない。邦彦が秘苑の正直な匂いに、劣情を沸き立たせているように。

「いやぁ、許して」

未亡人が嘆く。愛液を滲ませていた女芯《にょしん》が、新たなぶんをじゅわりと溢れさせた感覚があった。

悩ましくもかぐわしい淫臭が強まる。ヨーグルトからチーズの趣《おもむき》へと変化し、鼻奥をツンと刺激した。

（ああ、いい匂い）

動物的で生々しいのに、ひたすら好ましい。何しろ、麗しい熟女の秘部を嗅いでいるのだ。どうして理性的でいられよう。

「もう、バカぁ」

美也子が嘆き、ヒップをくねくねさせる。どこかに摑まろうとしたのか、両手で勃ちっぱなしのペニスをギュッと握った。

「むふッ」

邦彦は熱い鼻息を吹きこぼした。

彼女はおそらく、藁にも縋る思いで勃起を握ったのだ。けれど邦彦には、それが相互愛撫を受け入れた合図のように感じられた。

（美也子さん、美也子さん――）

心の中で名前を呼び、鼻面《はなづら》をいっそうめり込ませる。もっちりたわわな熟れ尻を、下着越しに夢中で揉み撫でながら。

「やん、しないでぇ」

非難する声も、どこか甘えているかに感じられる。

求められるままシックスナインのかたちになったことを、美也子は後悔しているのかもしれない。しかし、今さら手遅れだ。あとは行きつくところまで行かないと、この場は収まらなくなっているのだから。

そうと悟ったのか、彼女が亀頭にむしゃぶりつく。さっさと射精させようと思ったらしい。最初から強く吸い、筒肉に絡めた指を忙しく上下させた。

「ん――ンく」

こぼれる鼻息が、玉袋の縮《ちぢ》れ毛《げ》をそよがせる。

（あああ、たまらない）

フェラチオの快感だけではない。美女のあられもない媚香《びこう》を嗅ぎ、尻に顔を埋めているのだ。昂奮の度合いは半端ではなく、たちまち頂上が迫ってくる。

（いや、まだ駄目だ）

股布越しに恥臭を嗅いだだけではもの足りない。何より、秘められたところをまだ目にしていないのだ。

しかし、この体勢ではパンティを脱がせることは難しい。ならばと、邦彦はクロッチの裾に指をかけ、横に大きくずらした。

（ああ、これが……）

濃いめの縮れ毛が囲う、淫靡な苑があらわになる。

肉の裂け目からはみ出した花弁が、大きくほころびている。その狭間《はざま》にヌメヌメと光る粘膜の淵《ふち》が見えた。

生々しい光景も、愛《いと》しいひとの秘められたところだと思えば、たまらなくそそられる。こもっていた淫臭が解放され、ぷんと香るのも好ましい。

「むううっ」

肉根を頬張ったまま、美也子が呻いてヒップを暴れさせる。パンティをずらされ、秘苑を暴かれたとわかったのだ。

だが、すでに昂奮の極みにあった邦彦が、その程度の抵抗で諦めるはずがない。

（おれだってフェラチオをされているんだ。お返しをしなくちゃ）

当然の権利、いや、いっそ義務なのだと自らを納得させ、濡れた女芯に口をつける。

ぢゅぢゅッ。

溜まっていた蜜をすするなり、豊臀がガクンと跳ねた。

「――ふはッ。あ、ダメぇっ」

未亡人がペニスを吐き出し、甲高《かんだか》い声をあげる。それにもかまわず、邦彦は舌を恥裂《ちれつ》に差し込み、ピチャピチャと律動《りつどう》させた。

「あっ、あひっ、いやぁあああ」

嬌声とともに、女芯が幾度《いくど》もすぼまる。不埒な舌を捕まえようとしたのか。それが邦彦には、もっとしてとねだっているように感じられた。

(美味しい……美也子さんのオマンコ)

感激と感動に包まれて、熟女の性器を味わい尽くす。ほんのりしょっぱい蜜汁も、この上なく甘露《かんろ》であった。

「いや、あ……そ、そんなにしないでぇ」

遠慮のないクンニリングスに、美也子は抗《あらが》えなくなったようだ。

下半身をピクッ、ビクンとわななかせ、呼吸を切なくはずませる。柔らかな内《うち》腿《もも》も汗ばんで、ミルクのような甘い香りを放った。

そこまでになれば、一緒に快感を与え合うしかあるまい。

勃起が再び含まれ、舐め回される。さっきよりも熱心な、慈しむようなしゃぶり方であった。

口からはみ出した肉棹が、指の輪でしごかれる。快感で持ちあがった陰嚢も、優しく揉み撫でられた。

（ああ、気持ちいい……）

極上の快感にひたり、邦彦は分身を雄々しく脈打たせた。

ここまで力強さを取り戻したのは、食事とマッサージの効果だけではない。美也子のおかげなのだと感謝する。魅力的な女性こそが、男にとって最高の精力剤なのだ。

敏感な肉芽をさぐって吸いたてると、たわわな臀部が痙攣する。対抗するように、彼女もくびれに舌を這わせた。

（うう、よすぎる）

やはりさっきは遠慮していたのか。口淫奉仕の舌づかいが、いっそう巧みになっていた。

邦彦もお返しに秘核《ひかく》をついばみ、溢れる蜜をすする。これも粘っこいから精力増強に役立ちそうだと、根拠のないことを考えながら。

そうやって互いに高め合い、ふたりは同じ角度で上昇する。

「むふぅううう」

突如襲来したオルガスムスに、邦彦は鼻息を荒ぶらせた。もはや忍耐も役に立たず、蕩《とろ》ける愉悦にまみれて牡汁を噴きあげる。

（ああ、出た）

続けて二度目とは思えない勢いで、びゅるびゅるとほとばしる。それを口で受け止めるなり、美也子の全身が強ばった。

「むっ、ううう――ンふぅ……」

もっちり臀部が慌ただしく収縮する。尻の谷が邦彦の鼻を強く挟み込み、そこには酸味の強い汗の香りがあった。

「んん……ンく――」

未亡人の喉が鳴る。口内発射された青くさい牡汁を、オルガスムスに巻かれたどさくさに飲み込んだのだ。

（ああ、そんな）

申し訳なさと同時に、背徳的な愉悦にもひたる。セックスをしたわけでもないのに、ふたりが深く結ばれたことを確信した。

間もなく、ふたりともがっくりと脱力する。

「はあ、ハァ……」

邦彦の上で、美也子が深い呼吸を繰り返す。温かな息が鼠蹊部《そけいぶ》を蒸らし、ようやく萎えかけたペニスが、ヒクリと最後の脈打ちを示した。

全身を気怠さが包み込む。女体の重みも苦にならず、邦彦は心地よい疲れにひたりながら、ヒクヒクと収縮する恥芯を見つめた。

(美也子さん、おれのを飲んだんだ……)

喜びと罪悪感を嚙み締めつつ、明日からの日々に期待をふくらませる。これでもう、ふたりは恋人同士なのだと確信して。

第二章　女医の穴遊び

1

「おはようございます、美也子さん」

出勤するためにアパートを出た邦彦は、道路脇のゴミ置き場のところで、お隣の未亡人と顔を合わせた。

「あ——お、おはようございます」

彼女は口早に挨拶を返すと、目を伏せ気味にしてその場を離れた。まるで、邦彦を避けるかのように。

（え、そんな……）

余所余所《よそよそ》しい態度にショックを受ける。これまでは笑顔を見せて、優しく接してくれたのに。

それだけではない。昨夜は作りすぎたからと、ご飯のおかずを分けてくれた。

なのだが。
精力を高める、ネバネバ食品の和え物を。まあ、それは意図的ではなかったよう

さらに美也子は、部屋で転《こ》けて脹ら脛が攣った邦彦を、マッサージで癒やしてくれた。おかげでペニスがエレクトし、どうにかしてほしいとお願いすると、そちらのマッサージも引き受けてくれた。

なのに、どうしてつれない素振《そぶ》りを示すのだろう。

(ひょっとして、おれとあんなことになって、後悔しているのか?)

彼女が物欲しげに腰をくねらせたのを見て、思い切ってフェラチオをせがんだところ、本当にしてくれたのだ。さらに、互いの性器を舐め合うまでに関係が進展した。

最後には、ほとばしったザーメンを、飲み干すことまでしたのである。望んでしたのかどうかは、定かではないものの。

かなり性急に事を進めてしまったのは事実だ。洗っていない、かぐわしすぎる女芯に口をつけたのは、やりすぎだったかもしれない。あれは女性にとって、辱《はずかし》め以外の何ものでもなかったろう。

振り返って考えるに、親密になれたと喜んでいたのは邦彦だけで、美也子のほ

うは昨晩の出来事を快く感じていなかったらしい。そのため、今朝は冷たくされたのではないか。

（おれ、嫌われちゃったのかも……）

落とした肩が、重すぎて戻らない。

通勤の満員電車に揺られながら、邦彦は何度もため息をついた。人波に揉まれて過ごさねばならない毎朝の試練を、不快に感じる余裕もなく。

顔を上げれば、昨日も目にした週刊誌の中吊り広告がある。精力増強の特集記事に惹かれて買い求め、それを実践したところ、衰えがちだった勃起力が完全復活した。

本来なら喜ぶべきなのである。おかげで、美也子と愛撫を交わすこともできたのだから。

しかし、そのせいで嫌われたのでは意味がない。こんなことになるのなら、何もないほうがよかったぐらいである。

どうしてこんなことになったのかと、自らを恨む。やり切れない思いを、邦彦は他へぶつけた。

（だいたい、あんな記事を特集した週刊誌が、そもそもの原因なんだ！）

近ごろムスコの元気がなくなったからと、必要に迫られて読んだのである。なのに責任転嫁をするとは、恩知らずもいいところだ。

要は、美也子につれなくされたことが、それだけ悲しかったのだ。あの週刊誌の編集部に乗り込み、消火器を片手に暴れてやろうかと考えるほどに。

とは言え、そんな度胸があるはずもなく、ブリーフの中のペニス同様、力なく萎《しお》れる邦彦であった。

2

その日、会社が終わると、邦彦は珍しくひとりで飲みに行った。

お隣の未亡人、美也子に冷たくされたショックが尾を引いていた。またあんな態度をとられたら、二度と立ち直れなくなる。そのため、アパートへ帰る気になれなかったのだ。

安い居酒屋で、キムチとオクラ納豆を肴《さかな》に焼酎《しょうちゅう》をあおる。この期《ご》に及んで精力を高めるものを頼むあたり浅ましい。昨日食べたばかりなのに、牡蠣フライまで注文した。

そこを出て、まだ飲み足りないとショットバーにも立ち寄る。同僚と何度か利用した店だ。

店は空いていた。カウンターに坐るなり、

「マッカラン。ダブルで」

スコッチウイスキーをストレートで注文する。とにかく、酔いたい気分だったのだ。

ところが、飲み慣れないものだから、ひと口含むなり噎《む》せて咳き込む。そんな自分がますます情けなくなった。

（ああ、美也子さん――）

愛しいひとの名前を心の中で呼び、泣きそうになる。なんてセンチメンタルなのかと、女々《めめ》しさに自己嫌悪を覚えた。

おつまみにピスタチオを注文する。硬い殻《から》を割って実を出したとき、不意に未亡人の秘苑が浮かんだ。

（ああ、また美也子さんのアソコを舐めたいなぁ）

卑猥《ひわい》なことを考えて涙ぐむ。摘《つ》まんだ実の匂いを思わず嗅いでしまったが、当然ながら少しもかぐわしくない。

だったらチーズでも頼もうかと、カウンターの中にいるマスターに声をかけようとして、彼女に気がついた。

(あれ、あのひとは?)

邦彦は、カウンターの入口側で飲んでいた。そして、奥の席に、女性がひとりで坐っていたのだ。

三十路《みそじ》前後と思《おぼ》しき、なかなかの美女である。タイトミニに縦縞《たてじま》のブラウス。緩やかなウェーブの髪がエレガントだ。銀縁《ぎんぶち》の眼鏡が、横顔でも理知的な雰囲気を醸《かも》し出していた。

知り合いでないのは間違いない。けれど、どことなく見覚えがある。誰だったかなと考えても、すぐにはわからなかった。

(白衣でも着たら似合いそうだな)

学者か医者っぽいなと考えるなり、不意に思い出す。昨日買った週刊誌の、精力増強の特集記事で見た女性であることを。

(あ、あの女医さんだ!)

たしか、『美人女医が勧める、男を元気にする方法』という記事ではなかったか。彼女はインタビューに答えていただけではなく、袋とじグラビアで水着姿も披露していたのだ。

しかも、Tバックを穿き、ぷりぷりの艶尻《つやじり》をまる出しにして。プロポーション抜群で、かなりそそられるカラダであった。医者にしておくのは勿体《もったい》ないと思ったほど。

（たしか、道場《どうじょう》寺玲華《じれいか》先生だったな）

年齢は三十歳と書かれてあった。

そこまではっきりと憶《おぼ》えているのは、医者とは思えない美貌とスタイルに加え、水着姿が煽情的だったからだ。おしりのアピールが露骨なばかりか、股間はハイレグ水着が喰い込んで、性器の黒ずみが見えそうだった。

加えて、記事の内容に少しも信憑性《しんぴょうせい》が感じられず、きっと偽《にせ》医者に違いないと決めつけたためもあった。

だいたい、天は二物《にぶつ》を与えずなのだ。美人でスタイルがいいのに、さらに頭がいいなんてあり得ない。

仮に、本当に医学部を出たのだとしても、きっと教授たちに抱かれて単位を取ったのだろう。などと、失礼な決めつけまでした。

そう考えたのには、いちおう理由がある。インタビュー記事の内容というのが、肛門《こうもん》を刺激することでペニスがギンギンになるという、括約筋《かつやくきん》と海綿体をごっちゃにしたのではないかというものであったからだ。

（ああいうクソな記事で読者を惑《まど》わせるから、おれみたいに素直な男が振り回されるんだ。おれが美也子さんに嫌われたのも、あの女医さんのせいなんだ）

そもそも邦彦が実践したのは、食事に関する記事である。未亡人とのことを玲華のせいにするのは、八つ当たりもいいところだ。

けれど、酔っていたものだから、彼女が悪いと結論づける。邦彦はグラスを片手に、美人女医のところへ足を進めた。

「あの、道場寺玲華先生ですか？」

近づいて訊ねると、ひとりで飲んでいた彼女が顔をこちらに向ける。

「ええ、そうですけど」

キリッとした印象の澄んだ声。いかにもてきぱきとして、患者や看護師に指示を与えそうな感じだ。

（ってことは、本当に医者なのか？）

思わず怯《ひる》みそうになった邦彦である。

しかし、仮に女医であっても、あの週刊誌の記事はいただけない。アナル刺激で勃起ビンビンなどと、医学的な根拠のない発言は慎《つつし》むべきなのだ。

「おれは館邦彦と言います。あの、現在発売中の、週刊○○の記事を読んだんですけど」

告げると、玲華がニッコリとほほ笑んだ。

「まあ、そうなんですか。わたしの水着姿はいかがでしたか？」

記事ではなく、袋とじグラビアのことを訊かれて面喰《めんく》らう。

ということは、彼女にとってはインタビュー記事のほうが付録らしい。単に己の美貌とプロポーションを披露したかっただけなのか。

「ええ、かなりエロくて、思わず――」

要らぬことを言いかけて、エヘンと咳払《せきばら》いをする。そんな話をするために、声をかけたわけではないのだ。

「そんなことはどうでもいいんです。あの記事に関して、先生にお訊ねしたいことがあるんですけど」

「あら、何かしら？」

「率直に伺います。肛門刺激で勃起するっていうのは本当なんですか？」

挑発的な口調に、邦彦がまったく信じていないことを、玲華は感じ取ったのではないか。目を細め、じっと見つめてくる。

「ええ、本当よ」

きっぱり断言されたことで、邦彦は後に引けなくなった。

「本当ですか？　おれにはとても信じられなかったんですけど」

不信感をあらわにすると、彼女は手にしたグラスの酒をくいっとあおった。邦彦と同じく、ウイスキーをストレートで飲んでいたようである。

「まあ、信じる信じないは個人の自由だけど、少なくともわたしは医者として、出鱈目《でたらめ》な発言したつもりはないわ」

口調は淡々としていたものの、妙に迫力がある。圧倒されそうになり、邦彦もグラスのスコッチを飲み干した。

「そうですか。だったら、是非証明していただきたいですね」

「いいわよ」

玲華がスツールから腰を浮かせ、すっくと立つ。ハイヒールを履いているため、背丈は邦彦とほとんど変わらなかった。

「この近くに、わたしの病院があるの。あの記事の内容が嘘《うそ》じゃないことを、そこで証明してあげるわ」

年上の男を前に、一歩も引かない。かなり勝ち気な性格のようだ。

「ええ。望むところです」

邦彦も負けじと胸を反らした。

3

玲華に案内されたのは、ショットバーから百メートルも歩かないところにあった、繁華街の古ぼけた雑居ビルだ。やけにのろのろしたエレベータに乗り込めば、着いたところの階が『道場寺医院』であった。

(泌尿器科か。いちおうシモの病気を診《み》ているんだな)

だからと言って、信用できるとは限らない。もともと医師ではなくタレント志望で、名前を売るために煽情的な記事に協力した可能性がある。

(そうさ。女なんて、簡単に裏切るんだからな)

美也子に冷たくされたためもあり、そんなことを思う。もっとも、隣の未亡人が余所余所しい態度をとったのは、彼女にいやらしい行為をねだった邦彦に原因があるのだ。

「さ、入って」

ドアの鍵を開け、玲華が招き入れる。

灯《あか》りが点けられると、中は意外に新しかった。診察室に通されたところ、設備もしっかりしているようだ。

(なんだ。ちゃんとした病院じゃないか)

場所が場所だけに、場末の貧乏くさいところだろうと決めつけていたのだ。

本人がゴージャスな美女だから、医院もそれに相応《ふさわ》しく体裁《ていさい》を整えているのか。それとも案外名医で、多くの患者が訪れるために羽振《はぶ》りがいいのだとか。

(いや、外見と腕は関係ないしな)

美人のお医者さんがいると聞き、鼻の下をのばした男たちが妙な期待をして、診察を受けに来るのではないか。

何しろ泌尿器科だから、美女の前で堂々と下半身を露出できるのだ。そうなると病気なのは泌尿器ではなく、いっそ頭のほうである。

と、偏見でしかない決めつけをする邦彦に背中を向けて、玲華が壁に掛けてあった白衣に腕を通す。振り返ったその姿は、気後《きおく》れを覚えるほどに存在感のある女医さんだった。

「それじゃ、診察を始めるわね」

「え、診察?」

「ああ、ごめんね。記事の内容が本当かどうか、証明するんだったわね」

白衣をまとったことで、女医モードになったらしい。邦彦を患者だと勘違いしたようだ。

「それじゃ、ここへあがってちょうだい」

彼女が診療用ベッドをポンポンと叩く。ひとり寝れば満員の、ビニール張りのものだ。

「わかりました」

いったいどうやって証明するのかと訝りつつ、ベッドにあがろうとすると、

「その前に、下を全部脱ぐのよ」

玲華がさらりと命令する。

「え、全部？」

「だって、肛門を刺激すれば勃起することを証明するんだもの」

言われて、自分が尻の穴をいじられるのだと、邦彦は理解した。

「え？　いや、でも――」

できれば御免《ごめん》こうむりたかったものの、あの記事が本当かと迫ったのはこちらなのだ。今さら引き下がれない。

「ほら、四の五の言わないの」

美人女医の目が、キラキラと輝いている。やけに愉《たの》しそうだ。

仕方なく、邦彦はベルトを弛《ゆる》めた。覚悟を決め、ズボンとブリーフをまとめて脱ぎおろす。

（うう、どうしてこんなことに……）

スーツ姿で、下半身のみすっぽんぽん。外国のエロ映画に登場する、人妻に誘惑されてペニスをしゃぶられるサラリーマンみたいな格好《かっこう》だ。みっともないし恥ずかしい。

しかしながら、この状況を招いたのは他でもない、邦彦自身なのだ。あの記事を証明してみろといちゃもんをつければ、自分がアヌスをいじられることになるのは必然なのに。

（おれ、飲み過ぎたのかも）

酔って判断力が低下したまま行動したものだから、こんな苦境に追い込まれたのだ。まさに自業自得《じごうじとく》。

そして、もはや逃げることはできない。記事が信用できないと、喧嘩《けんか》を売ったにも等《ひと》しいのだから。

「じゃあ、ベッドの上で、四《よ》つん這《ば》いになりなさい」

年上相手にも命令口調なのは、医者としての習い性《しょう》なのか。いや、もともと女王様気質なのかもしれない。

（ええい、どうにでもなれ）

半ば自棄《やけ》気味に診療用ベッドへ上がり、言われたままのポーズをとる。途端に、頬がカッと熱くなった。

（うう、こんな屈辱は初めてだ）

ぱっくり開いた尻の割れ目と、股間が妙に涼しい。すべて見られるのだと思うと、いっそう羞恥にまみれる。

「じゃ、ちょっと待っててね」

下半身を晒《さら》した男を前にしても、玲華は平然としていた。泌尿器科の医者だから、こんなものは見慣れているのだ。

そう考えて、少しは気が楽になる。恥ずかしいのは自分だけじゃないと、邦彦は自らに言い聞かせた。

彼女は両手にラテックスの手袋をはめると、背後に回った。

「ちょっと消毒するわよ」

言われて間もなく、湿ったもので尻の谷を拭かれる。

「うひッ」

邦彦はたまらず声を洩らした。

ウエットティッシュか、あるいは湿らせた脱脂綿《だっしめん》か。沁《し》みる感じはないから、アルコールの類《たぐ》いは含まれていないようだ。

ただ、恥ずかしい汚れがつかなかっただろうかと、細かいことが気になる。こんな美人に、ウンコの痕跡《こんせき》など見られたくなかった。

だが、これからもっと恥ずかしいものを暴かれるのかもしれない。

「いちおう断っておくけど、わたしはあなたの肛門しかさわらないからね。それであなたが勃起すれば、わたしの意見が正しいってことになるわ」

「はい……そうですね」

「その場合、きっちりと落とし前をつけてもらうからね」

物騒なことを言われ、邦彦は陰嚢《いんのう》が縮みあがる心地がした。実際、そこは美女の視線を感じて萎縮《いしゅく》し、睾丸《こうがん》が下腹にめり込みそうになっていた。

「じゃ、さわるわよ」

言われるなり、肛門をすっと撫でられる。ヌルヌルした感触があったから、ローションか何かを指に垂らしたのではないか。

「うひっ」

くすぐったくて、妙な声が出てしまう。意外と悪くない感じで、おかしな趣味に目覚めてしまいそうだ。

だからと言って、カマを掘られたくはない。しかし、今はそれと似たような状況ではないのか。

(ひょっとして、奥まで指を入れられるのか?)

邦彦はすっかり怖《お》じ気《け》づいた。

「おしりの穴がヒクヒクしてるわよ。ひょっとして、期待しているのかしら?」

含み笑いの声に、頬が熱くなる。

期待どころか、邦彦は恐怖を覚えていたのである。彼女はいちおう医者だから、無闇《むやみ》に痛いことはしないとは思うものの、排泄《はいせつ》器官にあれこれされるのは、やはりぞっとしない。

そのくせ、早くも海綿体に血液がじわじわと集まる感があった。

(おれ、昂奮してるのか?)

四つん這いになり、恥ずかしいところを美人女医の前に晒しているのである。

身悶《みもだ》えするほど恥ずかしいのに、それが昂りを生んでいるというのか。

(それじゃ、まるっきり変態じゃないか!)

おまけに、アヌスをヌルヌルとこすられることで、あやしい感覚が広がる。

「ああ、ああ、あ——」

邦彦は堪えようもなく声を洩らし、尻を上下にはずませた。

「気持ちいいのね」

玲華の決めつけに、焦ってかぶりを振る。

「違います。く、くすぐったいだけです」

事実、腰の裏がムズムズしていたのだが、それはかりではなかった。悦びとしか言い表せないものも、邦彦は味わっていたのである。

(嘘だろ、こんなの……)

肛門をさわられて感じるなんて、男のプライドが許さない。おれはそっちの趣味はないんだぞと自分自身に言い聞かせ、募る快感と格闘する。

そのとき、

「くあああっ!」

指が尻の穴につぷっと入り込む。邦彦は、たまらず大きな声をあげてしまった。

「まったく、大袈裟ねえ」

玲華がやれやれという口調でこぼす。それから、指を小刻《こきざ》みにくちくちと動かしだした。

「あ、あ、あ、ちょっとストップ」

身をよじって頼んでも、彼女は聞き入れない。括約筋をキュッキュッと絞っても無駄なこと。関係ないとばかりに指ピストンを続ける。

（いったい、どこまで突っ込むつもりなんだ？）

恥辱と恐怖に責め苛《さいな》まれ、邦彦は息を荒ぶらせた。美女の指がどれほど深く入り込んでいるのか、肛穴《こうけつ》が麻痺《まひ》したみたいになっていて、さっぱりわからなかったのだ。

そして、まさかと蒼《あお》ざめる。

「あ、あの、前立腺《ぜんりつせん》を刺激するのは反則ですからね」

されたことはないものの、性感マッサージの類いでは、ごくポピュラーな愛撫だと聞いている。前立腺は射精と関わりがあり、直腸の奥、ペニスの裏側あたりにあるはずだ。

すると、玲華が「当たり前でしょ」と言い放った。

「わたしは肛門しか刺激しないわよ。指だって、二センチぐらいしか入っていないもの」

たったそれだけなのかと、邦彦は驚いた。もっと奥まで入っている感じがしたのだ。

その、浅く入り込んだ指は、休みなく前後していた。

三十路美女が、アヌスの輪っかをこする。最初は違和感しか覚えなかったのに、そのうちからだのあちこちがピクピクと痙攣し始めた。

(あ、あれ?)

何だか体温も上昇しているようである。指を挿《い》れられたときには総身《そうみ》が震え、鳥肌立ったほどだったのに、今や腋《わき》の下や腿の付け根が汗ばんでいた。

肛門への刺激で、新陳代謝《しんちんたいしゃ》が活発になっているのか。だが、そんな肉体のメカニズムは聞いたことがない。

「ねえ、オチンチンが大きくなってるの、わかる?」

玲華の問いかけに、邦彦は(え?)と下半身を覗き込んだ。確かに分身が膨《ぼう》張《ちょう》し、八割がた勃起していたのだ。

（そんな、どうして——）

彼女は肛門を軽くこすったあと、指を挿れて小刻みに動かしているだけなのである。前立腺はもちろん、腸内だってほとんど刺激されていない。

なのに、どうしてエレクトするのか。

「言ったとおりでしょ。肛門を刺激することで勃起を促すことができるのよ」

「ど、どうしてなんですか」

「肛門には括約筋ていうのがあるのはわかるわよね？」

「ええ……」

「平滑筋《へいかつきん》の内肛門括約筋は不随意筋《ふずいいきん》で、横紋筋《おうもんきん》の外肛門括約筋は随意筋なの。これと、ＰＣ筋って呼ばれる骨盤底筋《こつばんていきん》をコントロールすることで——」

聞き慣れない単語を用いてあれこれ説明するあいだにも、玲華は一定のリズムで指ピストンをキープしていた。

それによって促された勃起は一〇〇％の硬度に到達し、肉根が跳《は》ね馬のごとくしゃくり上げる。尻の穴も熱を帯び、邦彦は頭がボーッとなるほどの強烈な快感にまみれていた。

おかげで、彼女の解説は少しも頭に残らなかった。

「──つまり、指の動きと筋肉の反応をシンクロさせることで、ここまでの勃起が可能になるのよ」

「ああ、うう」

理解できぬまま相槌《あいづち》を打とうとしても、呻き声にしかならない。

「それに、けっこう気持ちいいでしょ？　ほら、もうエッチなお汁をこぼしてるじゃない」

確かに、紅潮した亀頭は鈴口から、カウパー腺液を滾々《こんこん》と溢れさせていたのである。粘っこいそれは糸を引いて垂れ、透明な雫を振り子のように揺らした。

「今しゃべった括約筋についての解説は、あの週刊誌のインタビュー記事では、ほとんどカットされちゃったの。だけど、あなたはわかったでしょ？　だって、こんなに大きくなったんだから」

実際に勃起させられては、信じるしかない。

「わ、わかりました。失礼なことを言って、申し訳ありませんでした」

邦彦が謝ったのは、甘美な責め苦から一刻も早く解放されたかったからである。このまま続けられたら、さらなる辱めを与えられる気がしたし、少しも落着かなかった。

まあ、尻の穴に指を突っ込まれて、落ち着ける男などいまい。

「だったら、射精させてあげるわね」

唐突《とうとつ》な申し出に、邦彦は思わず訊き返した。

「え、どうやって？」

「肛門を刺激するだけで、精液をどっぴゅんさせてあげる」

「そ、そんなことができるんですか？」

「ええ、できるわよ」

彼女は事も無げに言い、アヌスに侵入した指の角度を少しだけ変えたようであった。

「うあああああっ！」

邦彦は声を上げ、下半身を暴れさせた。不安を覚えるほどに快感が高まったのである。

（嘘だろ、こんな――）

尻の穴を摩擦《まさつ》されるだけで、どうしてこんなに気持ちいいのか。わからないから不安が募り、軽いパニックに陥《おちい》る。

けれど、肉体は間もなく、目のくらむ喜悦に支配された。

泉となっていた。

「ああ、あ、あ」

意思とは関係なく声が洩れる。ジンジンと痺れる肛穴は、今や歓喜の湧き出る泉となっていた。


(どうしてこんなに気持ちいいんだ?)

美しい女医は、肛門に二センチほど挿入した指を動かしているだけで、他には指一本触れていない。なのに、ペニスは痛いほどに勃起して幾度も反り返り、下腹をぺちぺちと打ち鳴らす。先走りの粘液《ねんえき》も診療用ベッドに滴《したた》り、小さな液溜《えきだ》まりをいくつもこしらえていた。

「気持ちいいでしょ?」

得意げな問いかけにも、邦彦は「うう」と呻くことしかできなかった。

「勃起させるだけなら、ちょっと訓練すればできると思うけど、ここまで感じさせられるのはわたしぐらいじゃないかしら」

自信たっぷりに言われ、たしかにそうだろうなと納得する。現に、強烈な悦びを与えられているのだから。

「ほら、ガマン汁が白っぽくなってるわ。もうイッちゃいそうなんでしょ?」

事実そのとおりだったから、邦彦は奥歯を噛み締め、性感の上昇を必死で抑え込んだ。アナル刺激だけで果ててしまったら、いよいよ危ない道にはまってしまいそうだったのだ。

(ていうか、このひと、どうやってこんな技を身につけたんだ?)

医学部で学んだとは思えない。泌尿器科の医者であるのをいいことに、適当な理由をつけて男たちの肛門を触診《しょくしん》して、ここまでのテクニックを磨いたのではないか。

いや、患者を実験台にするのはまずいから、付き合ってきた男たちを気持ちよくしてあげると言い含め、辱めたのかもしれない。言動からして、いかにも男を支配しそうなタイプである。

ともあれ、懸命の抵抗も虚《むな》しく、邦彦は間もなく忍耐を打ち破られた。体内の血潮が流れを速め、快さを乗せて駆け巡る。

「ああ、あ、駄目――い、いく」

ハッハッと息を荒ぶらせ、めくるめく歓喜に理性を吹き飛ばす。疼《うず》く肉根がせわしなくしゃくり上げた。

びゅるんッ――。

濃厚な牡汁が糸を引いて放たれ、ベッドの上に卑猥な模様を描く。さらに、濃いものが後から後からほとばしった。

「ほらほら、いっぱい出てるわよ」

玲華の嬉しそうな声が、やけに遠くから聞こえた。

4

魂まで抜かれそうな勢いの射精が済み、全身に気怠さが満ちる。

邦彦は診療用ベッドに額をつけ、深い呼吸を繰り返した。ザーメンが漂わせる青くささに、もの憂さを募らせながら。

裸の尻を高く掲げていたのは、肛門に指を挿れられたままだったからだ。これが女性ならセクシーな女豹《めひょう》のポーズなのだろうが、いい年をした男では滑稽《こっけい》なだけだ。

「ううう」

邦彦は尻を震《ふる》わせて呻いた。アヌスに嵌《は》まっていた指を抜かれたのである。腸内のものまで排出されそうな錯覚に陥り、慌てて括約筋を引き絞る。

「そのままじっとしてなさい」

顔を伏せた四つん這いの姿勢で、邦彦が動かずにいたのは、玲華に命令されたからではない。脱力感が著《いちじる》しく、からだを起こすことすら億劫《おっくう》だったのだ。

飛び散った精液を、美人女医がウエットティッシュで拭う。さらに、さんざん犯された肛門のみならず、半透明の雫を光らせる亀頭も清められた。

「むふッ」

絶頂後で過敏になった粘膜を拭かれて、太い鼻息がこぼれる。気持ちよかったのは確かでも、多量に放精したあとだから、ペニスが復活する兆《きざ》しはなかった。

「もういいわよ」

許可を与えられてのろのろと身を起こし、ベッドに腰掛ける。目の前にいる、白衣姿で眼鏡をかけた理知的な美女を、邦彦はぼんやりと眺めた。

（……おれ、このひとにイカされたんだ）

それも、尻の穴に挿入された指を動かされただけで。前立腺を刺激されたわけでもないのに、なぜここまで高まったのか。

「どうだった？」

感想を求められ、馬鹿みたいに「はい」とうなずく。あの強烈な快感を表現する言い回しが見つからなかったのだ。

「言ったとおりでしょ？　わたしは指一本で男を支配できるのよ」

どうだと言わんばかりに胸を反らせた三十路美女に、邦彦は一矢報《いっしむく》いたくなった。このまま終わっては、男としてのメンツが丸つぶれだ。

（わたしは指一本で行きずりの男をイカせたって、またどこぞの週刊誌で自慢するかもしれないしな）

そんなことを暴露されたら、たとえ名前が出なくても、末代《まつだい》までの恥さらしだ。何としてもお返しをせねばならない。

だが、いったいどうすればいいのだろう。

「あの、女性の場合はどうなんですか？」

深く考えもせずに発した質問に、玲華はきょとんとなった。

「え、どういうこと？」

「女性もおしりの穴を刺激されたら、今のおれみたいに昇りつめるんですか？」

すると、クールだった女医が、突如《とつじょ》うろたえる。目を泳がせ、

「さ、さあ、どうかしら？」

と、ひどく曖昧《あいまい》な返事をした。

（え、どうしたんだ？）

玲華の変わりように、邦彦は戸惑った。あれだけ自信に満ちていたのに、急に

鼻《はな》っ柱《ぱしら》をへし折られたみたいになったのだ。女性も肛門を刺激されると絶頂するのか、訊ねただけなのに。

そのとき、不意に気がつく。

（あ、もしかしたら、このひとはおしりの穴が弱点なんじゃないか？）

彼女は指一本で邦彦を射精させたのである。それも、アヌスに指を挿れて動かしただけで。

そんな技を会得《えとく》するのに、自分で試さないはずがない。自らの秘肛にも指を挿れ、どうすれば感じるのかやってみたはずだ。

おそらく、昇りつめるまで。

（自分でもイッたから、おれのこともイカせられたんだよな）

今の落ち着かない様子からして、かなり派手なエクスタシーを迎えたのではないか。だから言葉を濁し、曖昧な態度を示しているに違いない。自身の弱点を悟られないために。

だとすれば、お返しに肛門を可愛がってあげたら、はしたなく乱れるところを見られるかもしれない。

邦彦に見抜かれたと悟ったか、玲華が咳払いをして表情を引き締める。

「わたしは男性の勃起や射精を研究しているから、女性のことはわからないわ」

専門外だからと逃げるつもりらしい。しかし、あまりに子供じみた言い訳だ。

「だったら、おれが確かめます」

「え、何を？」

「女性も肛門への刺激だけでイクことができるかどうかをです」

邦彦は診療用ベッドからおりると、

「だから、今度は玲華先生が四つん這いになってください」

美人女医に交替を告げた。

「ど、どうしてわたしが？」

「だって、ここには玲華先生しかいませんし、それに、さっきはおれの尻の穴に指を挿れたじゃないですか。ご自分だけ逃げるのはフェアじゃないですよ」

「わたしは逃げたりしないわよっ！」

プライドが高いだけあって、侮辱《ぶじょく》されるのは許せないのだ。邦彦はしめしめと思った。

「だったら、ベッドにあがってください」

「でも……」

「まあ、おれにイカされるのが怖いのなら、許してあげてもいいですけど」

挑発すると、玲華が目を吊り上げる。

「な、なに言ってるのよ。わたしに怖いものなんてないわ」

まんまと乗せられて、ベッドにあがる。両膝と両肘《りょうひじ》をつき、白衣に包まれたヒップを掲げた。

「ほら、好きにしなさい」

言い放ったものの、屈辱的なポーズを取るなり後悔したのではないか。声がわずかに震えているようだ。

(見てろよ。今度はおれが感じさせてやる)

邦彦は鼻息を荒くした。

白衣をめくり上げると、下は黒のタイトスカートだ。何が見えているわけでもないのに、邦彦の心臓は早くも高鳴っていた。

ベージュのストッキングが包む綺麗《きれい》な脚にもときめきながら、きつめのスカートを上へずらす。その途中で、履いていたナイロンの薄物がパンストではなく、むっちりした太腿の半ばまでしかないことがわかった。

つまり、間もなく生パンティを拝《おが》むことができるのだ。

これから美人女医の、秘められたところを目にするのである。下着など、その過程のひとつに過ぎない。

なのに、そんなことでも気を逸らせるほどに、邦彦は昂奮していた。

だいたい、女性を四つん這いにさせて下着を脱がすなんて、初めてなのだ。淫らなシチュエーションにも胸の鼓動が高鳴る。

ピクン——。

多量にザーメンをしぶかせ、おとなしくなっていたはずのペニスが、期待の脈打ちを示した。

海綿体に血液が集中するのを感じつつ、タイトスカートを腰までたくし上げれば、薄桃色の布が包む豊臀があらわになった。三十路の大人っぽい美女にしては、可愛らしいパンティである。

「ああ」

思わず感嘆の声が洩れる。肌の色に近い薄布は面積も小さく、たっぷりしたお肉が裾からはみ出していた。ほとんど素のヒップと変わりがない。

(素敵なおしりだ……)

ふっくらしてかたち良い丸みは、いかにも弾力がありそう。叩けばパンパンと、心地よい音を響かせるのではないか。

「うぅぅ」

下着尻を晒し、玲華が屈辱の呻きをこぼす。さっきまでの尊大で、得意げな振る舞いが嘘のようだ。

「じゃあ、これも脱がせますよ」

薄物のゴムに指をかけると、

「あ、待って」

彼女が焦った声をあげた。

「何ですか？」

「み、見ていいのは、おしりの穴までだからね」

「え？」

「アソコを見るのは、絶対に許さないわよ。パンツを脱がすのは、おしりの穴が覗くところまでにしてちょうだい」

つまり、完全に脱がすのではなく、半脱ぎ状態でストップしろというのか。

玲華は邦彦に下半身をすべて脱ぐように命じ、肛門ばかりか玉袋も陰茎も遠慮なく観察したのだ。不公平もいいところである。

とは言え、彼女がクレームを素直に受け付けるとは思えなかった。

（まあいいさ。アソコをいじってほしいって、彼女からおねだりするまで感じさせればいいんだから）

新たな意欲を燃えあがらせ、邦彦は「わかりました」と返事をした。

パンティを慎重にずりおろせば、ぱっくりと割れた谷が現れる。薄く色素が沈着した底に、可憐なツボミがあった。

（ああ、可愛い）

邦彦は感動で胸を震わせた。

玲華のアヌスはちんまりして、放射状のシワが少しの乱れもなく整っている。色もピンクに近いセピア色で、谷間に咲く小花という趣の愛らしさだ。

邦彦はそこをまじまじと見つめた。排泄口とは信じられない、愛らしい眺め。それゆえギャップを感じて、無性にときめくのかもしれない。

「そ、そこでストップ」

震える声が命じる。パンティをどこまで脱がされたのか、彼女にはわかったようだ。あるいは、秘肛に涼しさを感じたのか。

（ああ、いやらしい）

半脱ぎの下着が、臀部を半分だけ隠している。すべて脱がすよりも、かえって卑猥に映った。

おかげで、股間の分身が完全復活する。強ばりきって反り返り、亀頭が下腹を叩いた。

（玲華先生のここは、どんな匂いがするんだろう……）

考えるだけでたまらなくなり、邦彦は谷間にそっと鼻を寄せた。アヌスに鼻息をかけないように注意して。何をしているのかがバレたら、咎《とが》められるに違いなかった。

そこには蒸れた汗の匂いがほんのりとあるだけで、生々しいプライベート臭は感じられなかった。今はどこのトイレも洗浄器が完備されているし、用を足したあとはちゃんと洗っているのだろう。

（チッ、面白《おもしろ》くないな）

ウンチの匂いがしたら、そのことを声高《こわだか》に指摘して、辱めようと思ったのである。いや、そればかりでなく、美女のあられもない秘密が暴けたら、いっそう昂奮したであろう。

「あんまり見ないで」

玲華が泣きそうな声で言い、双丘を左右に揺らす。羞恥にまみれて顔を伏せているから、匂いを嗅がれているとは気づかないらしい。

「じゃあ、さわりますよ」

いったん顔を離して告げ、邦彦は人差し指の先を口に含んだ。唾液で濡らし、わずかにヒクつく秘肛に差しのべる。

「ひっ」

軽く触れただけで、息を吸い込むみたいな声が洩れる。アヌスも磯《いそ》の生物みたいに、キュッとすぼまった。

愛らしくも破廉恥な反応に、頭に血が昇るのを覚える。ツボミをさらにヌルヌルとこすれば、女医が切なげに尻をくねらせた。

「ああ、あ、イヤぁ」

くすぐったいのか、それとも感じているのか。見た目では判断がつきにくい。ただ、自分がされたときのことを振り返り、おそらく両方なのだろうと邦彦は思った。

（よし、だったら――）

新たな刺激を与えるべく、指をはずす。

「はぁ、ハァ――」

アヌスをちょっといじられただけなのに、玲華が呼吸を荒くする。ムズムズする感覚に加え、羞恥もかなりのものだったろう。

もちろん、これで終わりではない。

診療用ベッドの脇に、医療器具を並べたワゴンがある。潤滑用《じゅんかつよう》のジェルらしきチューブも置いてあった。

（おれの肛門に塗ったのは、きっとこれだな）

しかし、邦彦はそれを使うつもりはなかった。別のもので潤滑するからだ。

「おしりの穴を濡らしますよ」

いちおう予告してから、ふっくらしてボリュームのある臀部に顔を寄せる。半脱ぎのパンティを邪魔《じゃま》っけに感じつつ、可憐《かれん》なツボミに舌をのばした。

「あひッ」

秘肛をひと舐めされるなり、美しい女医が切なげな声をあげる。尻の谷も焦ったように閉じる動きを示した。

だが、何をされたのか、彼女は気づいていまい。自分がしたみたいに、ジェルを塗られたと思っているのではないか。

それをいいことに、ヒクつく肛穴をチロチロと舐めくすぐる。

「あ、あっ、くぅううーン」

玲華が子犬みたいに啼く。括約筋が忙しく収縮し、臀部の筋肉も感電したみたいにビクビクと痙攣した。

そこに至ってようやく、尻の穴に触れているのが指ではないと悟ったようだ。

「ちょっと、な、何をしているの？」

彼女がこちらを振り返るより先に、邦彦はもっちり艶尻を両手で固定した。深い谷に顔を埋めて密着すると、放射状のシワをほじるように舌を律動させる。

「イヤイヤ、あ、ダメぇえええっ！」

悲鳴がほとばしり、熟れ腰がくねる。逃げようと暴れる下半身から、邦彦は決して離れなかった。

そうして、女医のアヌスを一心にねぶる。

「ば、バカ、何やってるのよ。変態っ！」

罵倒されても関係ない。いっそうねちっこく舌を躍らせる。

そもそも、男の尻の穴に指を突っ込んで射精させた彼女に、他人を変態呼ばわりする資格があるとは思えない。それと比べればアナル舐めなんて、実に可愛いものだ。

と、心の中で反論しながら、キュッキュッとすぼまる肛穴を責め続ける。

（これが玲華先生の、おしりの味なのか）

わずかにあったしょっぱみにも感動を覚える。すぐに消えることがなかったのは、シワのあいだに汗の成分が溜まっていたからではないのか。

それもいつしか薄らぐころ、玲華の反応に変化が現れた。

「あふっ、は――あああ、はぁ……」

こぼれる喘ぎ声が艶めきを帯びる。ふっくら臀部も、ビクッ、ピクンとわななきを示した。

明らかに感じているのだ。

5

（おや、これは？）

邦彦は気がついた。何やらなまめかしい匂いがたち昇っていることに。どうやら半脱ぎのパンティで隠された秘苑が漂わせているらしい。

（もう濡れてるのかも）

アヌスをねぶられて快感を覚え、劣情の蜜をこぼしているのではないか。

蒸れた熱気も感じられるから、女芯が火照《ほて》っているのは間違いあるまい。腰も切なげにくねっている。

ならば、次に進んでもよさそうだ。

「玲華先生、気持ちよかったですか？」

秘肛の舌をはずして問いかける。彼女はハァハァと息をはずませながら、

「べ、べつに」

と、明らかに痩《や》せ我慢をしているとわかる声音で答えた。

「だけど、玲華先生のアソコ、濡れてますよね？」

これに、たわわな丸みがビクッと震える。図星《ずぼし》なのだ。

「そ、それは――あなたの唾が垂れたからよ」

苦しい言い訳に、まったく素直じゃないなと、邦彦はあきれた。

「そうなんですか？　感じて濡れたのなら、アソコも舐めてあげようと思ったんですけど」

そう告げるなり、尻の谷が物欲しげにすぼまった。言われたことで秘部が疼き、クンニリングスをされたくなったようだ。

けれど、プライドの高さゆえ、愛撫をねだることができなかったらしい。

「なに言ってるのよ。あなたがさわっていいのは、お、おしりの穴だけなんだからね。舐めるのだって、反則だったんだから」

憤慨《ふんがい》の口調でなじる三十路の女医。実に意地っ張りである。

「わかりました。それじゃあ、今度は指でします」

邦彦は再び人差し指を唾液で潤滑すると、恥じらうようにヒクつく肛穴にのばした。さんざんねぶられたそこは濡れて赤らみ、生々しさを際立たせる。

「あふぅううう」

排泄口をいじられて、玲華が身をよじる。ふっくら臀部の筋肉が、幾度も収縮した。

（すごく感じてるみたいだ）

最初に触れたときよりも、反応が著しい。舐められたことで感覚が研ぎ澄まされ、より感じやすくなっているのか。

「玲華先生のここ、ヒクヒクしてますよ。気持ちいいんですね？」

「そうよ。い、言ったでしょ？　おしりの穴は性器の感覚とも密接に関係してるって。だからあなただって射精したんじゃない」

勃起や射精が専門だから、女性のことは知らないと主張したくせに。そんなことも、都合よく忘れているようだ。

まあ、実際に感じているところを見られれば、しらばっくれることは不可能である。

「じゃあ、おれも指を挿れますよ」

彼女は手袋をはめたけれど、邦彦はナマの指をそろそろと侵入させた。美女の肛門だから、何が付着しようと平気である。

「ああ、あ――」

玲華が苦しげな声を洩らす。男の指を直腸に迎え、違和感を覚えているようだ。

アヌスはキツく閉じて、何者をも侵入させまいという強い意思を示していた。だが、事前にしっかり舐めたことで潤滑され、幾ぶんほぐれてもいたのだろう。おかげで、第一関節までがやすやすと入り込む。

「くはっ、はあ……」

指が止まったことで安心したか、彼女が大きく息をつく。

括約筋の締めつけはかなりのものだ。指先に流れるはずの血液が、そこでストップしている感すらある。

しかし、そんなことはどうでもいい。邦彦は自らがしでかしたことに激しく昂ぶっていた。

（おれ、玲華先生のおしりの穴に、指を挿れてるんだ——）

白衣をまとった美人女医が、診療用ベッドに膝をつき、上半身を伏せている。あらわになった尻のみを高く掲げ、しかもパンティは半脱ぎだ。

おまけに、肛門に男の指を突っ込まれている。これ以上に卑猥な光景があるだろうか。

もっとも、あられもない姿でヒップをわななかせる玲華は、痛々しくもあった。それでいて、妙に嗜虐心《しぎゃくしん》を煽られるのも事実。

邦彦は劣情の赴《おもむ》くまま、肛門にはまった指をくちくちと前後させた。

「ああっ、あ——イヤぁ」

玲華が涙声でよがる。苦しさよりも快感が勝っているのが、色めいた声音でわかった。

（なんていやらしいんだ）

尻穴をほじられ、悦びに喘ぐ三十路の美女。まったく、なんて淫らなお医者さんなのか。

ところが、アナルピストンを一分も続けないうちに、彼女が声を詰まらせ気味にせがんだのである。

「お、お願い、指を抜いてぇ」

ひょっとして、直腸の粘膜に傷をつけてしまったのか。

焦って言うとおりにしたところ、玲華が力尽きたみたいにベッドにうずくまる。痛みを訴えることなく、背中を大きく上下させた。

(イキそうになったのかもしれないぞ)

感じすぎて乱れそうになり、愛撫を中止させたのだ。高慢な女性ゆえ、簡単に昇りつめることはプライドが許さなかったのだろう。

秘肛を犯した指先は濡れているだけで、特に付着物は見られない。けれど、鼻に近づけると、発酵しすぎたヨーグルトみたいな、悩ましい匂いがあった。

(これが玲華先生の、おしりの匂い——)

美女の秘密を暴き、軽い目眩を覚える。

そのとき、彼女がのろのろと振り返る。邦彦は慌てて嗅ぐのを中断した。

「……ねえ、アソコを舐めて」

トロンとした眼差しでのおねだりに、衝撃を受ける。おしりの穴だけだと、あれほど念を押したというのに。

「え、アソコって？」

「オマンコよ」

直球の四文字に、頭がクラクラする。こんな美人が、禁じられた単語を口にするなんて。

「お願い。パンツを脱がせてもいいから――」

魅惑の女医からクンニリングスを求められ、邦彦はナマ唾を呑んだ。

（いいのか、本当に？）

だが、半脱ぎのパンティから覗くアヌスも、ヒクヒクと物欲しげに収縮している。もっと気持ちいいことをしてとねだるみたいに。

だったらかまうまいと、役割を放棄しつつある薄布に指をかける。太腿の半ばまで一気にずりおろした。

「ああ」

玲華が切なげに嘆く。男の前に秘められた苑を晒し、羞恥もひとしおのようだ。

（ずいぶんしおらしくなったな）

邦彦の肛門に指を挿れ、射精に導いたときには、得意の絶頂という面持ちを見せていたのに。

いや、週刊誌の袋とじで披露したTバックの水着姿でも、男を誘う妖艶な笑みを浮かべていたのだ。プロのグラビアモデルさながらに、恥じらいも見せず。

そんな袋とじでもあらわにできなかった秘部は、生々しい佇まいであった。

（これが玲華先生の――）

ややくすんだ色合いの陰部《いんぶ》は、恥丘《ちきゅう》から秘割れの両側にかけて、縮れの強い毛を繁茂《はんも》させている。Tバックの水着で、よくはみ出さなかったなと思うほどの毛量だ。あるいは印刷段階で、ハミ毛を修正したのだろうか。

肉の裂け目は色濃い花弁《かべん》がほころび、狭間に赤っぽいピンク色の粘膜を覗かせる。アヌスを刺激されて感じた証の、白く濁った蜜も溜まっていた。

さっきから嗅いでいた、チーズ風味のなまめかしい匂いも強まる。三十路の秘苑が漂わせる、正直な牝臭。それにも劣情を煽られ、邦彦は全身が火照るほどに昂った。

「ねえ、は、早く」

玲華が艶尻をくねらせる。なんてはしたないのかと、ほとんどお仕置きをするような心づもりで、かぐわしい女芯《にょしん》に顔を埋める。

「あひぃいいいっ！」

蜜園《みつぞの》を軽くすすっただけで、甲高《かんだか》い嬌声《きょうせい》がほとばしる。もっちりした臀部がビクビクとわななき、深い谷が邦彦の鼻面を挟み込んだ。

（ああ、すごい……）

濃密さを増した媚薫《びくん》が、鼻の奥にまで流れ込む。頭がクラクラするのを覚えつつ、舌を秘肉の裂け目に差し入れると、熟れ腰が上下にはずんだ。

「あ、あ、それいいッ」

まだ大して舐めてもいないのに、玲華があられもなくよがる。それだけ期待が高まっていたのだろう。秘肛をいじられ、肉体が歓喜に火照っていたためもあるのではないか。

（まだ序の口なのに）

もっと感じさせてあげるべく、敏感な肉芽を探って責める。舌先ではじき、強く吸うことで、彼女ははしたなくよがった。

「あ、あ、いいの、いい……もっとぉ」

高く掲げられたヒップが、ゴムボールみたいにはずんだ。

「はうう、く、クリちゃん、もっと吸ってぇ」

あられもない要請《ようせい》に応え、いっそう強く花の芽を吸いねぶる。

「くぅううう、感じる」

尻のみをまる出しにした破廉恥な格好で、玲華は女陰をせわしなくヒクつかせた。粘っこい蜜を、トロトロとこぼしながら。

女芯をあらわにされたときには、彼女は羞恥の反応を見せたのである。今や快感を求める気持ちのほうが勝っているのか、恥じらいもせず歓喜の声を張りあげ続ける。

「ああ、あ、いやぁ」

もっと感じさせるべく、邦彦は舌を秘核からはずすと、膣《ちつ》に差し込んだ。なまめかしくすぼまるそこにクチュクチュと出し挿れすることで、女体《にょたい》のわななきが顕著《けんちょ》になる。

「そ、それもいいっ」

震える声で悦びを訴え、美人女医が「おうおう」と低い唸《うな》りを発する。より深いところで感じているふうだ。

だが、膣をほじられるだけでは満足できなかったらしい。

「ね、ねえ、おしりの穴もいじめて」

やはり彼女はアヌスがすべてなのだ。

邦彦は蜜穴から舌をはずし、代わりに指を挿入した。

中は物欲しげにすぼまり、柔ヒダが奥に向かって蠕動《ぜんどう》する。ペニスを挿れたら、かなり気持ちいいのは間違いない。

しかし、今はまだそのときではない。

粘っこい蜜をたっぷりとまといつかせてから指を引き抜き、秘肛にあてがう。ヌルヌルとこすって馴染《なじ》ませ、少しずつ埋没《まいぼつ》させた。

「ああっ、あ——は、入ってくるぅ」

せわしなく収縮《しゅうしゅく》するツボミを難なく侵略し、指は第一関節まで入り込んだ。

「あうう、お、おしりぃ」

括約筋が抗うように締めつけてくる。それにもかまわず指を小刻みに前後させると、玲華が首を反らせて喘いだ。

「おお、ふ、深いのぉ」

指はほんの二、三センチしか入っていないのに、かなり奥まで突っ込まれていると錯覚している。邦彦も彼女に指を挿れられたとき、同じように感じた。

それから、かなりの快感を得ているのも一緒だ。

「あ、あ、すごい……くぅう、へ、ヘンになっちゃうぅ」

乱れた声を発する女医の肛門を触診しながら、邦彦は再び女芯に口をつけた。

肛穴とクリトリスを、同時に刺激する。

「あああああ、だ、ダメぇえええええっ！」

二箇所責めに、成熟したボディが跳ね躍る。愉悦の波に巻かれて、玲華が悩乱の声を発した。

「か、感じすぎるぅ、イヤイヤ、あ――イッちゃう」

三十路の美女は時間をかけることなく、オルガスムスへと駆けあがった。秘肛が指をキツく締めつけ、女芯が蜜汁を多量に溢れさせる。

「イクイクイク、い、イッちゃうのぉっ！」

アクメに強ばった女体が、間もなくがっくりと脱力する。診察用の狭いベッドに横臥《おうが》して、玲華はハァハァと呼吸を荒ぶらせた。

指をアヌスに突き立てられたまま。

6

（イッたんだ、玲華先生……）

しどけない姿を見おろし、邦彦はふうと息をついた。胎児《たいじ》のようにからだを丸めた女医の、肛門を犯した指をそろそろと引き抜く。

「うう……」

指がはずれる瞬間、玲華は小さく呻いた。すぐに尻穴をキュッとすぼめたから、直腸内のものが漏れそうになったのではないか。

しかしながら、指には何の付着物もない。さっきと同じで、発酵した趣の強い匂いを漂わせるのみだ。

それを嗅いだことで、邦彦はいっそう昂った。

美女が昇りつめた瞬間を目《ま》の当たりにしたばかりか、直腸臭も暴いたのだ。おそらく、誰にも嗅がせたことがないものを。

おかげで、さっきから勃ちっぱなしのペニスが、限界まで膨張する。

「むう」

分身を握り、邦彦は太い鼻息をこぼした。これを心地よい柔穴《やわあな》にぶち込みたいという欲求が、天井知らずに高まる。

（いいよな……ここまでしたんだから）

彼女は肛門に指を挿れられ、頂上を迎えたのである。そこまでの痴態《ちたい》を晒したのだから、セックスをさせるぐらい、どうということはないはずだ。

実際、腿の半ばで止まっていたパンティを奪っても、美しい女医はまったく抵抗しなかった。仰臥《ぎょうが》させ、脚を大きく開いても、されるままになっている。

とは言え、診察用の狭いベッドの上で、行為に至るのは難しそうだ。ふたり分の体重に耐えられるかどうかわからないし、励みすぎたら落っこちそうな気もした。

ならばと、彼女の両腿を抱えて引っ張り、ベッドの端までヒップを移動させる。

いきり立つペニスと玲華の秘部は、ほぼ同じ高さである。邦彦のほうは立ったままで、彼女と交わるつもりでいた。

反り返るものを前に傾け、亀頭を濡れ割れにこすりつける。愛液を充分にまぶし、あとは貫《つらぬ》くだけというところで、三十路の女医が瞼《まぶた》を開いた。

「……するの？」

ふたりがどういう状態にあるのか、わかっているのだ。このままセックスをするつもりなのか、邦彦に確認したのである。

「いいですか？」

いちおう許可を求めると、彼女が迷うように目を泳がせる。そのくせ、肉槍《にくやり》の穂先《ほさき》が触れている蜜穴は、早く挿れてとせがむみたいにヒクついていた。

「好きにすればいいわ」

相手に任せたようでいながら、挿入しやすいように自ら両膝を抱える。玲華も逞《たくま》しいもので貫かれたいのだ。

「じゃあ、好きにします」

邦彦は答えるなり、腰を前へ送った。

ふくらみきった頭部が恥割れにめり込み、狭い膣口《ちっこう》を圧《お》し広げる。間もなく、亀頭の裾野《すその》が狭まりをぬるんと乗り越えた。

「ほおおっ」

牡のシンボルを迎えて、玲華が背中を浮かせる。膣口がすぼまり、くびれ部分を締めつけた。

だが、まだ完全に入っていないのだ。より大きな快感を求め、邦彦は分身の残り部分を蜜穴にぐいぐいと押し込んだ。

「ああ、あっ、来るぅ」

抱えた膝をワナワナと震わせ、三十路の美女は侵入する牡を歓迎している様子だ。事実、根元まで入ったものを逃すまいとするかのように、膣全体がキツくすぼまったのである。

「おおお」

邦彦もたまらず声を洩らした。濡れ温かな媚肉に包まれ、陶酔の心地にひたったのだ。

(ああ、入った)

見おろせば、ふたりの陰部が重なって、ペニスは見えない。けれど、腰をそろそろと引くと、濡れた筒肉が現れた。

(うう、いやらしすぎる)

交わる性器を、ここまであからさまに直視するのは、初めてではないだろうか。

秘割れから大きくはみ出した花弁が、牡の猛りを挟み込んでいる。包まれる感触が、目がくらむほどに快い。

（気持ちいい――）

悦びに煽られ、腰を前後に振ると、見え隠れする肉棹《にくざお》に白い濁りが付着した。

「あ、あ、あ、ああっ、感じるぅ」

乱れた声を発し、玲華が重たげなヒップをくねらせる。瞼を閉じた美貌が、歓喜に蕩けていた。

この体位では、さっきのようにアヌスをいじることはできない。ならばと、クリトリスを指で探り、摩擦することで、彼女はまたも派手によがりだした。

「そ、それいいっ！」

下腹をヒクヒクと波打たせ、膣内の陽根《ようこん》を締めあげる。

「ね、ね、クリちゃん、もっとこすって。オチンチンも、いっぱい突いてぇ」

あられもない求めに応じて、腰と指の動きを連動させる。秘核を刺激しながら荒々しいピストンで責めると、玲華は身も世もなくすすり泣いた。

「イヤイヤ、よ、よすぎるのぉ」

肛門こそ快楽のすべてのように主張していたが、彼女もやはり女だ。ペニスを膣に挿入されて、こんなにも感じているではないか。

案外アナルセックスでも、同じように身悶えるのだろうか。

もっとも、後ろに挿れてほしいと求めないから、さすがにそっちの経験はないようだ。あるいは、一度やって痛い目に遭ったから、懲《こ》り懲《ご》りなのだとか。

(さすがにチンポは、入りそうじゃなかったものな)

玲華の可憐な秘肛を思い返し、勃起を迎え入れるのは難しそうだと納得する。

一方、その愛らしさゆえに、無理やり犯したいという嗜虐的な衝動も湧いていた。指を挿れた感じからして、締めつける快感はかなりのものであろう。

しかしながら、美女の肛門に裂傷《れっしょう》を生じさせるのは趣味ではない。泌尿器科の女医さんが、痔《じ》で肛門科に通うことになったら、あまりに気の毒だ。

まあ、男の尻穴を弄《もてあそ》んだ報いと言えるかもしれないが。

「ああ、ま、またイキそう」

玲華が極まった声をあげる。クンニリングスに続いてセックスでも、頂上を迎えそうになっていた。

そして、それは繫《つな》がっている邦彦にも伝染する。

「う――お、おれも出そうです」

肛門に指ピストンをされ、多量にほとばしらせたあとながら、新たな射精の準備はすでに整っていたらしい。ペニスの根元で、欲望の溶岩《ようがん》が煮えたぎる感覚がある。

「いいわ。な、中に出して」

嬉しい許可を与えられ、邦彦は「いいんですか？」と確認した。

「あうう、あ、あったかいのが欲しいの……オマンコの奥に、いっぱい流し込んでぇ」

卑猥なおねだりに、忍耐を粉みじんにされる。邦彦はやすやすと限界を突破した。

「ああ、あ、出ます。いく――」

「わ、わたしもイク……イヤイヤ、イク、イクッ、イクのぉおおおっ！」

勢いよく撃ち出された牡のエキスを膣奥に浴び、下半身のみをあらわにした玲華が、熟れたボディを波打たせる。

（ああ、すごく出てる……）

熱い体液をドクドクと放ち、邦彦は蕩《とろ》ける歓喜に酔いしれた。膝が震えて、崩れそうになるのをどうにか堪えながら。

それにしても、精力が減退したと思っていたのに、昨日に続いて二度目でこの射精量だ。完全復活以上に、若返った気すらする。

これも精力を高める食事のおかげなのか。いや、肛門を刺激された効果もある気がする。指を挿れてこすられた名残《なごり》で、今もそこがムズムズしていたのだ。

（あれは勃起を促すだけじゃなくて、精力も高めるのかもしれないな）

玲華のほうも、セックスでかなり感じていた。その最中は後ろをいじれなかったものの、アナル刺激の影響で、性感が研ぎ澄まされたようにも思える。

そんなことを考えているあいだに、たっぷりと放精して萎えた牡器官が、女陰から抜け落ちる。

ドロリ——。

空洞を見せた膣が、白濁液《はくだくえき》を溢れさせる。彼女の愛液も混じっているのだろうが、やはりかなりの量だ。

白衣を乱した玲華は、診察室で陵辱《りょうじょく》された女医さんそのものだ。とは言え、先に邦彦を辱めたのは、彼女のほうなのであるが。

淫らな眺めに胸をときめかせつつ、また彼女に肛門を刺激してほしいなと、邦彦は密かに願うのであった。

第三章　冷やして揉まれて

1

（うん、今朝も元気だ、チンコが硬い）

目を覚ましてすぐに、邦彦はにんまりした。ブリーフ越しにムスコを握れば、そこは鋼《はがね》のごとき硬度《こうど》を示し、逞《たくま》しく脈打っている。

四十二歳にして精力の減退が危ぶまれたのである。だが、少なくとも朝勃《あさだ》ちは見事に復活した。

いや、昔よりも元気ビンビンなぐらいではなかろうか。

（やっぱり食事がすべての基本なんだな）

週刊誌の特集記事で紹介されていた、納豆や山芋、オクラといったネバネバ食品は、毎日必ず何かしら食べている。もちろん、牡蠣やキムチも忘れない。キウイフルーツもいいというので、一日一個、デザートにいただいている。

それら精力を高めるものを意識して食事に取り入れることが、勃起力を向上させてくれたようだ。

また、寝る前には脹《ふく》ら脛《はぎ》マッサージもしている。あの日、お隣の未亡人——美也子にされたのを思い出しながら。すると、ペニスが天を衝《つ》く勢いで怒張《どちょう》するのだ。

もっともそれは、彼女との淫らな戯《たわむ》れが脳裏に蘇るためでもあった。顔面に密着したヒップの、何とまろやかだったことか。秘苑の正直な匂いも思い出されてたまらなくなり、オナニーでたっぷりとほとばしらせる。

そうやって毎日射精することで、新たなザーメンが作られる。それも性機能の維持に役立っているらしい。

けれど、女医の玲華に教えられたアナル刺激は、一度も実践していない。自分で尻の穴に指を入れてもうまくいかない気がしたし、デリケートな部分に傷をつけたくないからだ。

そもそも、ひとりでそんなことをするのは恥ずかしいし、間が抜けている。まあ、秘肛をほじられてはしたなく昇りつめる美人女医の痴態は、オナニーのオカズに何度も使わせてもらったけれど。

ともあれ、精力を取り戻し、自慰ライフも充実しているが、虚《むな》しさもあった。

（せっかく朝も夜もギンギンに勃起するようになったのに、オナニーしかできないなんて……）

布団の中で分身を握りしめ、ため息をつく。

彼女と別れて以来、プライベートは実にわびしかった。たまの風俗ぐらいしか異性とのふれあいがなく、それすらも、ここ二、三年は遠ざかっていた。

そのため、精力が衰えていたことに気がつかなかったのだ。

逞しく脈打つ、鉄のごときイチモツ、セックスに使わないのは勿体《もったい》ない。

玲華とは幸運にも交わることができたものの、あれっきりである。またクリニックに行けばやらせてくれるかもしれないが、

『今日の診察は特別に無料にしてあげるけど、次はちゃんと診療報酬《ほうしゅう》をもらうからね』

あの日、終わったあとで釘を刺されたのである。あられもなく昇りつめたあとにもかかわらず、もとの高慢さを取り戻した彼女に。

おそらくアヌスを責められ、イカされたことが悔しかったのだろう。お株を奪われたにも等しいのだから。

玲華はプライドが高そうだし、いくらふっかけられるかわからない。そのため、再診をお願いできずにいたのである。

（おれはやっぱり美也子さんが――）

とは言え、そちらも期待できない。何しろ、あれからずっと、素っ気なくされているのだから。

こちらが勃っても、あちらが振り向かず。ままならぬものだと、邦彦は深いため息をこぼした。

「あ、おはようございます」

出勤のためアパートの部屋を出たところで、隣室の未亡人、美也子と顔を合わせる。彼女は部屋に入ろうとしていたから、ゴミ出しから戻ったところだったのではないか。

「おはようございます」

挨拶を返した彼女が、わずかに白い歯をこぼす。恥じらいを含んだ微笑《びしょう》にときめくと同時に、邦彦は喜びを感じた。

（やっと笑ってくれるようになったんだ）

愛撫を交わして以来気まずくなり、挨拶をしても、以前のような優しい笑顔を見せてくれることがなくなった。そのため、かなり落ち込んでいたのである。

けれど、ようやく元の関係に戻れそうだ。

（よし、今度こそ美也子さんと最後まで——）

美しい未亡人が部屋に入るのを見届け、彼女と結ばれる場面を妄想する。あのときはジーンズしか脱いでもらえなかったが、ふたりとも一糸まとわぬ姿になって抱き合うところを。

おかげで、おとなしくなっていたペニスが、朝勃ちさながらにいきり立った。これをかぐわしい秘芯に突き立てたいと、熱望がこみ上げる。だが、次の機会には、慎重に進めねばならないだろう。また関係がぎくしゃくしたら、元も子もないからだ。

それに、すぐにはアプローチできない事情もあった。

（たしかに元気になったけど、いざというとき駄目《だめ》になる可能性もあるからな）

硬くなった分身をズボン越しに握り、胸の内で嘆息《たんそく》する。

実は先日、邦彦は久しぶりに風俗へ行ったのだ。せっかく元気ビンビンになったのだから、たまには女性に抜いてもらおうと思って。

運良く若くて可愛い子に当たり、柔らかな手指で刺激され、ペニスははち切れんばかりに膨張した。しかも、その子は彼氏にフラれた直後でヤケになっていたらしく、店に内緒で本番を許してくれたのである。

もちろん、邦彦は喜んだ。有頂天になり、分身を期待で脈打たせた。

ところが、いざ挿入しようとすると、なぜだかジュニアが萎《しぼ》んでしまったのだ。彼女がいくらしごいても、しゃぶっても復活しない。せっかくのチャンスをふいにしたばかりか、射精もできなかったのだ。

どうしてそんなことになったのか、自分でもよくわからなかった。予想外のことで多少は動揺もあったから、それが緊張を呼び込んだのかもしれない。

ともあれ、勃起の力は取り戻せたようでも、いざというときにちゃんと勃つかどうかは保証できない。仮に挿入を遂げられたとしても、途中で駄目になる可能性だってあるのだ。

(中折れなんかしたら、格好悪いものな)

そんなことになったら、邦彦のほうが美也子と顔を合わせられなくなる。やはりいつでも意のままになるよう、本物の男性力を手に入れる必要があるのだ。

そのためには、いったいどうすればいいのだろう。邦彦は猛《たけ》るイチモツを握って悩むのであった。

2

その日は泊まりがけの出張であった。行き先は会社から二時間近くかかる、初めて訪れる街だ。

先方に見積《みつもり》を気に入ってもらえて、商談が無事にまとまる。これはお祝いをせねばと、邦彦は夜、飲みに出かけた。もっとも、同行者がいないため、ひとりで祝杯をあげねばならなかった。

それでも飲めば愉快になり、気も大きくなる。一軒では飽き足らず、次へいこうと猥雑《わいざつ》な雰囲気の繁華街を歩いていたとき、その建物を見つけた。

（何だこれは？）

一見して飲食店ではないとわかる。お社《やしろ》みたいな雰囲気で、街中によくある神社か何かかと思ったものの、鳥居も灯籠《とうろう》も賽銭箱《さいせんばこ》もない。

そのくせ、十段に満たない階段を上がったところにある扉が開放されていた。見るからに拝殿らしいのだが。

どこにも立入禁止とは書かれていない。むしろウエルカムっぽい空気を感じ取り、邦彦は中に足を踏み入れた。

「え？」

思わず目を瞠《みは》ったのは、背丈ほどもある巨大な石像《せきぞう》がでんと置かれてあったからだ。それも、明らかに男根を模したものが。

見ると、脇に木の札がある。「珍珍様」と書いてあった。

（これが御神体《ごしんたい》なのか？）

いや、いっそ御チン体かと失礼なことを考えたとき、石像の裏手から、白衣《びゃくえ》に緋袴《ひばかま》という巫女《みこ》姿の若い女性が現れた。

長い黒髪が艶《つや》やかな彼女は、二十代半ばぐらいであろうか。厳《おごそ》かな雰囲気もまとっている。

（やっぱりここは神社なのか？）

畏《おそ》れ多さに恐縮《きょうしゅく》していると、巫女姿の女性が「どうぞこちらへ」と言う。

彼女に案内されるまま、邦彦は奥へと進んだ。神殿に連れていかれ、罰《ばち》を当てられるのかと恐れおののきながら。

ところが、そちらは安普請《やすぶしん》の廊下《ろうか》の左右に、ドアが並んでいるだけだ。

中のひとつに招き入れられる。手狭《てぜま》な個室の真ん中に、診察台みたいなベッドが設置してあった。他にはタオルなどが入ったカラーボックスと、小さな冷蔵庫があるぐらいか。

若い巫女が着ているものを脱ぎ出す。さては新手《あらて》の風俗かと身構えれば、彼女はタンクトップに短パンという身軽な姿になった。

それも、上下とも白。体操《たいそう》でも始めるのかとますます混乱する。

「あのう、ここは？」

怖《お》ず怖《お》ずと訊《たず》ねると、

「マッサージをご希望なんですよね？」

訊《き》き返され、ここがマッサージ店であるとようやく理解する。

（あれ、看板があったのかな？）

建物の奇抜さに目がいって、見落としたのだろうか。

だとしても紛《まぎ》らわしい。神社ふうの建物もそうだし、石の偶像《ぐうぞう》だの巫女装束《しょうぞく》だの、罰当たりもいいところだ。

（いっそ風俗のほうがしっくりくるかも）

それならば、巫女のコスプレも納得がいく。さしずめ店名は「巫女巫女シコシコ」とか。

「こんなところで、本当にマッサージができるんですか？」

疑うと、若い女性は「ええ」とうなずいた。

「こちらでは、男性機能を高めるマッサージを提供しております」

その言葉に、邦彦は目を輝かせた。

(男性機能を高めるマッサージだって？)

猥雑な雰囲気の繁華街で見つけた、奇妙な建物。下半身を元気にするマッサージを提供すると聞いて、邦彦は思わず納得した。

そうすると、建物を入ったところにあった男性器の偶像は、文字どおりシンボルなのか。こんなふうに元気になりますよという意味の。

ともあれ、勃起力は回復しても、まだ持続力その他に不安のある邦彦には、まさにうってつけの店であった。

「ぜ、是非お願いします」

前のめり気味に頭を下げると、若い女がニッコリと笑う。いきなり巫女装束で現れたため、厳格《げんかく》な印象があったものの、笑顔は実に愛らしい。

「わたくし、お客様のお世話をさせていただきます、小山内聖美《おさないきよみ》と申します」

丁寧に名乗った彼女の、タンクトップの胸元に、写真入りの身分証がピンで留めてあることに今さら気がつく。

(聖美さんか……)

あらわになった腕も脚も、よく見れば筋肉が引き締まっている。もしかしたら、怪しい外観とは裏腹に、けっこうきちんとしたマッサージ店なのだろうか。だったら効果も期待できそうだ。

「では、服を脱いで、ベッドの下の籠《かご》に入れてください」

言われて、邦彦は素直に従った。聖美が長い黒髪をまとめ、ポニーテールに結うのを眺めながら。

そして、シャツとブリーフのみになったところで訊ねる。

「あの、これでいいんですか？」

「いいえ、全部脱いでください」

「え、全部？」

「こちらではすべて脱いで、裸になっていただいております」

男性機能を高めるということは、ペニスもマッサージされるのか。それでは単なる風俗店ではないか。

(いやいや。そんなふうにいやらしく考えてはいかんのだ)

きっと必然性があって、脱ぐことを求めているのだろう。とは言え、二十代と思《おぼ》しき女性の前で、全裸《ぜんら》を晒《さら》すのは抵抗がある。

羞恥にまみれつつも、邦彦はえいやとばかりに残りを脱いだ。これも男になるためだと、自らに言い聞かせて。

「では、ベッドに寝てください」

素っ裸の男を前にして、聖美は平然としている。要は見慣れているのだ。ヘタに恥ずかしがっては、かえってみっともない。

（ええい、男になれ、邦彦）

自《みずか》らを鼓舞し、ベッドの上で仰向けになる。今さら隠す必要はあるまいと、陰部を剝き出しにしたまま。

そのとき、バタンと冷蔵庫の扉が閉まる音がした。

「失礼します」

股間《こかん》にタオルが掛けられる。ホッとしたのも束の間、

「うひひひひぃーっ！」

邦彦は思わず奇声を発した。タオルがやたらと冷たかったのである。

（これ、冷蔵庫で冷やしてたのか？）

いや、それだけとは思えない。べつに凍《こお》っているわけではなさそうなのに。

「男性器、特に陰嚢《いんのう》は、冷やすことで機能が高められるんです」

聖美がさらりと述べる。それは邦彦も聞いたことがあった。

睾丸はもともと熱に弱く、病気で高熱が出ると、精子が減少するそうだ。そのため、睾丸はからだの外側にある。

さらに、陰嚢のシワもラジエーターと同じ役割があるという。要は表面積を大きくすることで、熱を逃がすのだ。

よって、精力を高めるためにタマを冷やすのは理に適《かな》っている。だとしても、このタオルはあまりに冷たすぎやしないか。

「これは特殊な繊維《せんい》で作られたタオルで、どんな低温でも凍ることなく、柔らかさを保てるんです」

そうすると、冷凍庫にでも入れられていたのか。まさか液体窒素《ちっそ》につけられていたなんてことはあるまいが。

（そんなタオルを掛けられたら、チンコが凍っちまうよ）

さらに皮を被《かぶ》っていたら、アイスホッケーならぬアイス包茎《ほうけい》だと、くだらないことを考える。ともあれ、股間を冷やされただけで、邦彦の全身に鳥肌が立っていた。

（これで本当に男性機能が高められるのか？）

むしろペニスは縮みあがっているのに。

身を震わせる客にはおかまいなく、聖美が次の準備を始める。オイルのボトルを手に取り、邦彦の胸にトロトロと垂らした。

幸いにも、それは冷たくない。ほんのり温かくて気持ちよかった。

彼女は頭のほうに立つと、それを手のひらで丁寧に塗り広げた。

「ええと、次は何を？」

くすぐったいような快さに、腰をよじりつつ訊ねると、

「リンパマッサージをします」

身を乗り出した聖美が答える。邦彦の目の前に、タンクトップの胸元がアップで迫っていた。

「リンパ……」

「リンパの流れをよくすることも、男性機能の向上に大切なんです」

それはあの週刊誌にも書かれてあった。記事の詳細は忘れたが、特定の部位をマッサージして、リンパを刺激するという内容だったはず。

（そうすると、これもいちおう理に適っているのか）

もっとも、邦彦はマッサージとは別のことが気になっていた。頭上から覆いかぶさるような体勢になっていたマッサージ嬢の、腋《わき》の下がまともに見えていたのだ。

剃《そ》り残しなのか、それとも生えかけなのか、ポツポツと黒いものを発見する。無防備に晒されたそれが妙にエロチックだったのに加え、ほのかに甘ったるい匂いも嗅いだ。

よくよく見れば、腋の窪《くぼ》みに汗のきらめきがある。

（けっこう汗っかきなのかも）

若い女性の正直な体臭にも、劣情を煽られる。早くも金冷法《きんれいほう》の効果が現れたのか、股間に血液が集まる気配があった。

このままではエレクトしてしまう。邦彦は懸命に雑念を追い払い、与えられる感覚に集中した。

（うう、気持ちいい）

オイルにまみれた柔らかな指が、肌をヌルヌルとすべる。快《こころよ》くもくすぐったく、からだのあちこちがビクッ、ビクッとわなないた。

これはしかし、マッサージではないだろう。胸からお腹にかけて、ただオイルを塗り広げているだけである。

「あの……これがリンパマッサージなんですか？」

疑問を感じて訊ねると、聖美が指を動かしながら答えた。

「いいえ、まだです」

「え、まだって？」

「今は、リラックスしていただくために、こうして肌を撫でているんです」

「はあ……」

「リンパマッサージは、入浴後などのゆったりした状態で行うのがベストなんです。ただ、ここでは入浴が無理ですので、この方法でリラックスしていただくんです」

なるほど、ムズムズ感が全身の緊張を奪い、手足が心地よい気怠《けだる》さにまみれている。身も心も楽になるのを、邦彦は感じた。

「そろそろいいみたいですね。では、両手をあげていただけますか？　バンザイするみたいに」

「あ、はい」

両腕を頭の上で組み、腋窩《えきか》をあらわにする。

彼女は二の腕を摑むようにして、肘《ひじ》から腋へと手を滑らせた。それほど強い力ではなく、何度も何度も。

（あ、けっこういいかも）

邦彦はうっとりして、裸体《らたい》をヒクヒクと波打たせた。リンパがどういうものなのか、実はよくわかっていないのに、本当に体内を流れるものの巡りがよくなった気がしたのだ。

二の腕が終わると、次は首から胸に向かって、手のひらが何度もすべる。どうやら流れる向きが決まっているらしく、往復はしない。続いて、腹から胸の方向にも、優しく撫でられた。

マッサージというからには、もっと強く、ぐいぐいと揉むようにされるのだろうと思っていた。意外にソフトタッチだが、これはこれでいいものだ。

幸いなことに、性感を刺激されることもない。今のところ、勃起せずに済んでいた。

若いマッサージ嬢が下半身のほうへ移動する。今度は太腿《ふともも》を、膝《ひざ》から股間に向かって撫でられた。上半身のときよりも、幾《いく》ぶん力が込められている。

脚の疲れが取れるようで、邦彦は思わず「ああ」と声を洩らした。ところが、手が股間にかけられたタオルの中にまで入り込んだものだから、さすがに落ち着いていられなくなる。

(え、そんなところまで?)

さらに、汗じみた腿の付け根を、しなやかな指がこすりだしたのである。しかも、かなりねちっこく。

凍るほどに冷たかったタオルも、今や常温だ。そのため、縮こまっていたペニスも、平常に戻っていた。

腿の付け根に入り込んだ指は、必然的に陰嚢にも触れる。あやしい悦《よろこ》びが生じることで、海綿体が充血を始めた。

(うう、まずい)

ペニスが膨張しつつあるのを感じ、邦彦は狼狽《ろうばい》した。股間にはタオルが掛かっているだけだから、エレクトしたら丸わかりだ。

事実、その部分が徐々に隆起《りゅうき》するのが、目視《もくし》でも確認できた。

ところが、間近でそこを見ているはずの聖美は、平然とリンパ節を刺激し続ける。指は腿の付け根の前面、鼠蹊部《そけいぶ》にも移動して、軽く圧迫しながらこすった。

（あ、そこは――）

鼠蹊部マッサージが、海綿体の充血を促したのだろうか。いや、タオルの下で動く指は、時おりペニスにも触れていたのだ。

「あうう」

軽いタッチでも、腰の裏がビクッと震えるほどの快感が生じる。おかげで、分身がますます元気になった。

この店は、男性機能を高めるマッサージを提供しているのである。勃起するのは致し方ないのか。

だったら、このまま成り行きに任せればいいのではないか。思ったものの、若い女性の前である。

欲望をまる出しにして羞恥を感じないほど、邦彦は厚顔ではない。たとえ睾丸をさわられていても。

ところが、いくら恥じ入っても、不肖《ふしょう》のムスコはタオルをこれ見よがしに持ちあげる。不格好《ぶかっこう》なテントをこしらえ、ビクビクと脈打った。

3

「もう元気になったんですか？」

聖美があきれた眼差しを浮かべたものだから、いっそう居たたまれない。だが、彼女は施術《せじゅつ》を中断することなく、次のメニューに移った。

「では、恥骨《ちこつ》マッサージをします」

「え、恥骨？」

名前は知っているが、それがどこなのかよくわからなかったものだから、邦彦は戸惑った。

左右の鼠蹊部を同時にこすっていた指が、ペニスの付け根へ移動する。下腹部側のわずかに窪んだところを、縦横になぞりだした。

「ああ、あ、ううう」

邦彦はたまらず声を上げた。肉根をしごかれたわけでもないのに、ゾクゾクする悦びがあったのだ。

（これが恥骨マッサージなのか！）

気持ちいいばかりでなく、分身にさらなる力が漲《みなぎ》ってくる。リンパマッサージは単なる前戯《ぜんぎ》で、これが本番に違いないと邦彦は確信した。

「ふふ。オチンチンが、ビクンビクンってなってますよ」

聖美も愉《たの》しげに白い歯をこぼす。もはや隠す意味などないと悟ったか、タオルをパッと取り払った。

「あ、そんな──」

猛るイチモツをあらわにされ、頬が熱くなる。これも恥骨マッサージの効果なのか、亀頭がいつも以上に紅潮し、今にもパチンとはじけそうだ。

「大きいですね」

マッサージ嬢が目を丸くした。右手で恥骨マッサージを続けながら、屹立《きつりつ》を左手で握る。

「すごい……カチカチ」

悩ましげに眉根を寄せ、ほうとため息をつく。しごいてくれるのかと思えば、すぐに勃起を解放した。

（ああ、そんな）

期待が外れ、邦彦は身をよじった。彼女はまったく気にも留めず、再び両手で恥骨部分をこする。

「ここのマッサージも、男性機能の向上に効果があるんです」

そんなこと、わざわざ説明されずとも、いきり立つペニスが証明している。すでに結果が出ているのだ。恥骨でなくチンコをマッサージしてくれればいいのに。邦彦は焦れったくてたまらなかった。

(ていうか、ここは男性機能を高めるマッサージをする店だぞ。性的なサービスを期待してどうするんだよ)

そんなことをしたら、風俗営業になってしまう。過剰な期待をしてはいけないのだ。

(しょうがない。ここを出てから、風俗店を探そう)

せっかく著《いちじる》しいエレクトを示しているのである。ホテルに戻り、オナニーで侘《わび》しく精液を出すのは勿体ない。どうせなら女性に気持ちよくしてもらって、存分にほとばしらせたかった。

「じゃあ、次は……」

恥骨マッサージを終えた聖美が、つぶやいてうなずく。これで終わりではないらしい。

(脹ら脛のマッサージでもするのかな?)

それも効果があることは実証済みだ。しかし、彼女の手はそこではなく、さっき冷やされた牡の急所へ向かった。

「うひッ」

思わずおかしな声を洩らしてしまう。陰嚢をそっと触れられたものだから、やけに感じてしまったのだ。

「んー、ちょっとフクロが固いですね」

シワ袋を摘まむように撫で、聖美が首をかしげる。

最初に思いっきり冷やされて萎縮《いしゅく》し、さらに快感を与えられたものだから、睾丸が下腹にめり込みかけていた。固くなっているのも当然である。

「あの……今度は何をするんですか？」

邦彦は怖ず怖ずと訊ねた。何しろ急所を摑まれているから、強く出られない。

「睾丸マッサージをします」

さらりと告げられ、反射的に蒼《あお》くなる。

そんなデリケートなところをマッサージするなんて、どうかしている。何かされる前から、激痛の二文字が頭に浮かんだ。

それを察したのか、彼女が微笑する。

「ああ、心配しないでください。ちっとも痛くありませんから。ただ、その前にここを柔らかくしたいので、ちょっと温めますね」

邦彦は脚を大きく開かされた。今度は温かいタオルでも当てるのかと思えば、聖美がそこに顔を近づけたものだから狼狽する。

ねろり、ねろり……。

股間に生じるあやしい感覚が何なのか、邦彦はすぐにわからなかった。ただ、濡れ温かなものが陰嚢を這いずり回るのは理解できた。

若いマッサージ嬢が、その部分に顔を埋めているのだ。何をされているのかなんて、容易に推察できるはず。

(……おれ、キンタマを舐められてる!)

縮れ毛にまみれた嚢袋《のうたい》に口をつけ、聖美が唾液《だえき》を塗り込めるようにねぶっていたのである。

固く縮こまっていたそこを温め、柔らかくするのだと彼女は言った。まさか、自らの唾《つば》を用いるとは予想もしなかった。

しかも、それだけではなかった。聖美はシワ袋を口に含み、軽く吸いながら中のタマを転がしたのである。

「ああ、ああ、あああ」

邦彦は腹を波打たせ、あやしい悦びにひたった。幾度も反り返るペニスが、下腹をペチペチと打ち鳴らすのを感じながら。

（こんなことまでしてくれるなんて——）

彼女はさっきまで、巫女姿だったのである。畏《おそ》れ多くて罰が当たりそうだ。

陰嚢全体が、温かな唾液で濡らされる。だらりと伸びてからようやく、口がはずされた。

「ふう」

聖美がひと息ついて、濡れた唇を手の甲で拭う。

邦彦は射精したわけでもないのに、玉袋以上にぐったりと伸びていた。快感と緊張から解放されたためだ。

「では、睾丸マッサージをします」

彼女は両手でフクロを捧げ持ち、軽く引っ張った。中のタマも一緒に。

「ううう」

鈍い痛みを感じた気がして、邦彦は呻《うめ》いた。けれどそれは、急所を摑まれたことによる錯覚だったらしい。

（ああ、なんだこれ……）

間もなく全身が熱くなる。腿の付け根もムズムズして、気がつけば邦彦は激しく喘いでいた。

聖美は捧げ持った陰嚢の裏側を、指先で丁寧にこすっている。まるで、シワの一本一本をなぞるみたいに。

そうすると、何かが皮膚の下を流れ、袋内を清めてくれるようだ。それによって、睾丸が新たな精子を育《はぐく》む気がする。

（おれのキンタマに、パワーが集結している）

まさに元気玉か。

頭をもたげて確認すれば、下腹にへばりつかんばかりに反り返る秘茎《ひけい》が、多量のカウパー腺液を滴らせていた。下腹に液溜まりをこしらえ、粘っこい糸を何本も繋げる。

（すごい、こんなに――）

睾丸マッサージの効果を肌で感じて、邦彦はまた分身を脈打たせた。

「オチンチン、元気ビンビンですね」

聖美がはしたない言葉を口にする。それから、悩ましげに眉根を寄せた。

「ここまで勃っちゃうお客さん、実は初めてなんですよ」

「え、そうなの？」

「だって、この店に来るのは、ご年配の方がほとんどですから」

なるほどと、邦彦はうなずいた。

4

（男性機能を高めるために、わざわざマッサージをしてもらいに来るなんて、やっぱり年配の人間が多いんだろうな）

邦彦とて四十二歳だが、それでも若いほうらしい。おかげで、すぐに効果が現れたわけか。

血管を浮かせて反り返るイチモツを、聖美が濡れた目で見つめる。ここまで猛々しい反応を示すお客が、過去にいなかったものだから、女の部分が疼《うず》いているのではないか。

（ひょっとして、したくなっているのかも）

邦彦も、射精しないことにはおさまらなくなっている。だったら好都合だ。

とは言え、誘いをかけたところで、彼女が直《ただ》ちにのってくるとは限らない。風俗店ではない以上、性的なサービスは御法度《ごはっと》なのであろうし。

そのとき、射精を求めるための口実を、邦彦は思いついた。

「ところで、おれの男性機能は、本当に高まったんですか？」

この問いかけに、若いマッサージ嬢が怪訝《けげん》そうな顔を見せる。

「ええ、もちろん。だって、こんなにギンギンになってるじゃないですか」

「いや、たしかに勃起はしてますけど、これだけで男性機能が高まったとは、断言できない気がするんですけど」

「どうしてですか？」

「だって、射精しても精液が少なかったり、薄かったりしたら、機能が回復したことにならないですよね。やっぱり濃いやつがたくさん出ないと」

露骨な発言に、聖美はさすがに頬を赤らめた。それでも、一理あると納得したらしい。

「たしかにそうですね……」

考え込むようにうなずく。

「だったら、確認してもらってもいいですか？」

「え、何をですか？」

「濃い精液が、たくさん出るかどうか」

これに、彼女はうろたえる素振《そぶ》りを見せた。

「そ、そんなこと――」

できないと、いちおう断ろうとしたらしい。けれど、逞《たくま》しい牡《おす》に視線を注ぎ、コクッとナマ唾を飲んだのがわかった。

（やっぱりしたいんだな）

少なくとも、いやらしい気分になっているのは間違いあるまい。目が淫蕩《いんとう》に潤《うる》んでいる。

このとき、射精に導くことを口実に、自身の欲望も解消できるかもしれないと、聖美は考えたのではないか。

「そうですね……効果があることを、ちゃんと証明しなくちゃいけませんよね」

自らに言い聞かせるようにつぶやく。それから、両手で捧げ持っていた陰嚢を、左手だけで摑んだ。

「実は、睾丸マッサージは、リンパマッサージの延長上にあるものなんです」

解説すると、筒肉を右手で軽く握る。親指の腹で、筋張った肉胴から包皮の継ぎ目までを、そっと撫でた。

「ああああ」

邦彦は声を上げ、狭い寝台の上で裸身を波打たせた。

左手で摑まれ、引っ張られた陰嚢が、巧《たく》みに揉まれている。さらに、いきり立つ陽根に巻きついた右手の指が、絶妙な動きを示す。敏感な部分を、くすぐるように刺激するのだ。

(き、気持ちよすぎる)

両手を使ったマッサージ、いや、これはもうほとんど愛撫だ。

破裂しそうに膨張していた分身が、愉悦《ゆえつ》にまみれて脈打ちを著しくする。ここまでのマッサージの効果が出たのだろう、トロトロと多量にこぼれるカウパー腺液が、柔らかな指頭で敏感な粘膜に塗り広げられた。

くすぐったさの強い快さに、早くも頭がボーッとしてくる。屹立の付け根が甘く痺れ、歓喜のトロミが煮えたぎる感覚があった。

「も、もう出そうです」

息を荒ぶらせて告げると、聖美が口角《こうかく》を意味ありげに持ちあげた。

「いいですよ。いつでもイッてください」

などと言いながら、邦彦が「あ、あっ」と極まった声をあげると、指の動きを抑える。それにより、性感カーブの上昇が、角度を鈍くするのだ。

おかげで、愉悦は高い位置で推移し、なかなか頂上に至りそうになかった。

（ああ、もう……）

焦《じ》れったくてたまらない。邦彦は身悶《みもだ》え、目に涙を滲《にじ》ませた。

「お、お願いです。もう――」

懇願しても、若いマッサージ嬢は涼しい顔で、牡の性器を玩弄《がんろう》し続ける。睾丸を手の中で転がし、親指の腹で包皮の継ぎ目部分をヌルヌルとこするのだ。

滴《したた》る先汁《さきじる》は、白い濁りを帯びていた。精力が高まって数を増やした精子が、かなり紛れ込んでいるのではないか。

そこまでになれば、もはやなり振り構っていられない。

「お願いします。イカせてください」

恥辱の涙をこぼして訴えると、聖美がやれやれというふうに肩をすくめた。そのくせ、眼差しが妙に艶っぽい。

「わたしが焦らしているみたいな言い方ですね」

目を細めてなじられる。事実そうじゃないかと思ったものの、機嫌を損ねてはいけない。

「すみません」

邦彦は殊勝《しゅしょう》に謝った。それで彼女も気をよくしたらしい。

「じゃ、強くしてあげますね」

聖美は筒肉をしっかり握ると、長いストロークでしごきだした。

「おおおお」

快感が爆発的に高まる。上下する包皮が先汁を巻き込み、クチュクチュと泡立った。

「すごいわ……ゴツゴツしてる」

ペニスの逞しさを肌で感じ、若い娘が舌なめずりをする。まるで、しゃぶってあげましょうかと誘惑するみたいに。

それにも劣情を煽られて、後戻りができなくなる。

「ああ、あ、出る。いく――」

めくるめく瞬間が訪れ、邦彦は腰をはずませた。目の奥が絞られる感覚に続き、熱い体液が強ばりの中心を駆け抜ける。

どくんッ――。

勢いよく放たれた白濁液が、上下する腹部に落ちた。

「あ、あっ、すごい」

　聖美のはしゃいだ声が、やけに遠くから聞こえた。

5

「いっぱい出ましたね」

　牡の腹に淫らな模様を描いたザーメンを、聖美が満足そうに見つめる。小鼻をふくらませ、悩ましげに眉をひそめたのは、立ち昇る青くさい匂いを嗅いだからであろう。

（気持ちよかった……）

　邦彦はぐったりして手足をのばし、深い呼吸を繰り返した。しかし、

「ほら、精液がこんなに濃いですよ」

　自身の体液を指で塗り広げられ、得意げに品評されたものだから、頬が熱く火照る。

「う、うん……確かに」

　渋々認めると、マッサージ嬢が勝ち誇った笑みを浮かべた。

「これって、わたしのマッサージのおかげで、男性機能が充分に高まった証拠で

すよね」

「そのとおりです」

邦彦は兜《かぶと》を脱いだ。

マッサージの効果が持続しているのか、多量にほとばしらせたにもかかわらず、ペニスは完全に萎えなかった。八割ほどの勃起を維持したまま、陰毛の上に横たわっている。

ただ、脱力感は著しい。邦彦は何もする気になれず、寝台の上に寝そべっていた。精液がオシボリで拭われるあいだも、されるがままであった。

「ううっ」

たまらず呻いたのは、射精直後で過敏になっていた亀頭まで拭かれたからだ。

そのため、完全勃起の一歩手前というところまで、力を取り戻す。

しかし、彼女はそこで清拭《せいしき》をやめてしまった。

「だいぶお疲れみたいですね。特別に、マッサージ以外のサービスをしてあげましょうか？」

聖美が顔を覗き込み、意味ありげに目を細める。何をするのか気になったものの、それよりは億劫《おっくう》さが勝《まさ》っていた。

「お願いします……」

邦彦は確認せずに申し出を受け入れ、彼女の行動を見守った。

冷蔵庫の扉が開けられ、中から卵が取り出される。聖美はそれをコップの上で割り、黄身を半分になった殻に残して、白身だけをコップに垂らした。

それから、黄身を口の中に入れる。

（え、おれにサービスするんじゃないのか？）

疲れたから、生卵を吞んで力をつけようとしたのか。思ったものの、こちらに戻った彼女に顔を覗き込まれ、ドキッとする。

おまけに、いきなり唇を奪われたのだ。

（え、えっ⁉）

半ばパニックに陥ったところで、唇の隙間から何かを流し込まれる。

トロリとしたそれが卵の黄身であることは、すぐにわかった。精力をつけさせるために、卵黄を口移しで与えてくれたのだ。

（ああ、美味しい）

味付けなどされていないのに、たまらなく美味だと感じる。聖美は顔を上げてほほ笑み、黄色いものが付着した唇を手の甲で拭った。

「もうひとつ欲しい？」

訊ねて、こちらの返答を待つことなく、卵をもうひとつ割る。黄身を含んで再びくちづけ、ほのかに甘いものを与えてくれた。

そればかりでなく、舌もヌルッと侵入させる。生卵の口移しのはずが、ふたりの舌が深く絡みあった。

（おれ、キスしてる——）

マッサージ嬢と唇を交わし、邦彦は陶然《とうぜん》となった。

彼女の舌や唾液は、卵の黄身の味がした。それが薄らぐと、若い娘本来のなまめかしい風味となる。

（こっちも美味しい）

むしろ卵黄より、唾のほうが好みだ。精力もより高まる気がする。

「むふっ」

太い鼻息がこぼれる。下半身が甘美な快さにまみれたのだ。

くちづけを続けながら、聖美が手をのばしてペニスに触れたことを、邦彦はすぐに理解した。

（気持ちいい……）

多量に射精したそこが、しなやかな指の愛撫で完全復活する。逞しい脈打ちを、彼女も感じているはずだ。

「はあ」

唇をはずし、聖美が大きく息をつく。トロンとした目は、情欲にまみれていた。

「いつもこんなサービスをしてるんですか？」

息をはずませての質問に、彼女は「まさか」と答えた。

「言ったでしょ、特別って」

口調が馴《な》れ馴《な》れしいものになっている。それだけ心を許したのだとわかった。まあ、頼まれずとも秘茎をしごいているのである。他人行儀に振る舞えるわけがない。

「それじゃ、今度はあなたが、お返しをしてくれる？」

「え、お返しって？」

「わたしはここまでしてあげてるのよ。あなたもわたしを気持ちよくするのが、礼儀なんじゃないの？」

そう言って屹立から手をはずした聖美が、白い短パンを脱ぎおろす。しかも、中の下着ごと。

（やっぱりしたくなっていたんだな）

いきり立つペニスを目の当たりにしてから、どうも様子がおかしかったのだ。

白いタンクトップのみという、オールヌード以上に煽情的な姿になると、彼女はいそいそと寝台に上がってきた。仰向《あおむ》けの牡に逆向きで被さり、シックスナインの体勢になる。剝《む》き身《み》の秘苑が、躊躇《ちゅうちょ》なく差し出された。

（え、生えてない？）

邦彦は目を見開いた。聖美のそこは、陰毛がただの一本もなかったのである。天然の無毛ではない。剃刀か何かで処理をしているのは、黒いものがポツポツと見えることからも明らかだ。

しかし、たとえ人為的なものであっても、成人女子のパイパンは不思議といやらしい。皮膚のくすんだところや、肉の裂け目からはみ出した花びらが、やけに生々しく映る。

しかもそこは、蒸れた趣《おもむき》のチーズ臭を、むわむわとこぼしていたのである。

（巫女さんの格好をしていたから、ここを剃ったのかな？）

処女しか巫女になれないと、聞いたことがある。外見だけでも処女っぽくするために、剃毛《ていもう》したのかと考えたのだ。

だが、彼女は本物の巫女ではない。あれはただのコスプレだ。

「ね、舐めて」

簡潔に求め、彼女がヒップを落とす。

「むぷッ」

湿った女芯が口許《くちもと》に密着し、邦彦は反射的に抗《あらが》った。けれど、濃密な淫臭が鼻奥に流れ込んだことで、からだがフリーズする。

（ああ、すごい──）

無毛の秘芯が漂わせるのは、幾ぶんケモノっぽい女くささだ。ブルーチーズにタマネギを足した感じか。

それをまともに嗅いだことで、脳が痺れる心地がする。チャーミングな娘のものだから、不快感は微塵《みじん》もない。

「ほら、舐めて」

聖美が陰部をぐいぐいとこすりつけてくる。

それでようやく我に返り、邦彦は舌を出した。恥割れに差し入れ、ほんのりしょっぱい蜜を味わう。

「くぅうーン」

愛らしい声が聞こえたのと同時に、目の前の臀部《でんぶ》が強ばる。谷底のアヌスもキュッキュッと収縮し、悦びをあらわにした。

(エッチな子だ)

愛らしくもいやらしい眺めに情欲を煽られ、邦彦はパイパン性器をねちっこくねぶった。犬がミルクを飲むように、派手な音を立てて。

「ああ、あ、いいの……感じるぅ」

あられもなく悦びを訴えたマッサージ嬢が、剝き身のヒップをくねくねさせる。若いだけあって、いかにも張りと弾力がありそうだ。

実際、触れてみると、固めのパン生地みたいにもっちりぷりぷりであった。

(いいおしりだ)

若尻のさわり心地を堪能《たんのう》し、クンニリングスにいそしむ。舌を膣に侵入させると、臀裂《でんれつ》が焦ったようにすぼまった。

「ああん、そ、それもいい」

素直な反応がいじらしい。

彼女はいきり立つ男根に両手で摑まり、強く握りしめていた。邦彦は快さにひたっていたものの、それだけでは物足りなくなる。

その気持ちが通じたのか、聖美がふくらみきった亀頭にむしゃぶりついた。

「むふふふふぅ」

快感が急角度で高まり、邦彦は腰をバウンドさせて喘いだ。

吹きこぼれた鼻息がかかったらしい。秘肛《ひこう》がくすぐったそうにすぼまる。お返しをするみたいに、舌が回り出した。

(うう、たまらない)

敏感な粘膜をねぶられ、くすぐったさの強い快感が生じる。邦彦は足の指を開いたり、握り込んだりしながら、温かな愛液を滲ませる秘苑をねぶり続けた。

マッサージ用の狭い寝台の上で、互いの性器を舐め合う男と女。タンクトップのみを身につけた聖美が、先に頂上へ至った。

「ぷは――あ、ああっ、い、イクぅ」

歓喜の声をほとばしらせ、半裸のボディをガクンガクンと波打たせる。

「う、ううっ」

切なげに呻いた後、力尽きてからだをのばした。

だが、邦彦は口淫愛撫をやめなかった。ふくらんで包皮を脱いだクリトリスを、舌先でチロチロと刺激する。

「ああん、もう」

聖美がうるさそうに身をよじるのもかまわず、排泄口《はいせつこう》たるツボミも舐める。可憐な眺めゆえ、ついちょっかいを出したくなったのだ。

さすがに嫌がるかと思えば、彼女はもっとしてとねだるみたいに、ヒップを突き出した。

(この子もおしりの穴が感じるのか？)

美人女医の玲華を思い出す。

もっとも、聖美のほうはアヌスを悩ましげにすぼめるだけだ。派手なよがり声はあげない。

「もう……い、イタズラしないで」

邦彦がしつこく秘肛を舐め続けたものだから、若いマッサージ嬢はさすがに飽き飽きしたらしい。臀部をぷりぷりと揺すり、やめるように促す。

だが、アナル舐めはともかく、もっと強い刺激が欲しいはず。一度の絶頂だけでは物足りない、まだまだ気持ちよくなりたいと思っているに違いなかった。

現に、無毛の恥割れは、薄白いラブジュースをトロトロとこぼしている。

(もっと感じさせてあげるよ)

邦彦は恥芯に口をつけ、粘っこい蜜をすすった。

ぢゅぢゅぢゅッ――。

はしたない音が立つ。それをかき消すように、

「あああっ!」

狭い部屋に嬌声がこだました。

「そ、それいいっ。もっとぉ」

やはり性器のほうが快いのだ。唾液に濡れたアヌスも、もっと気持ちよくしてとせがむみたいに、キュッキュッとすぼまる。

リクエストに応え、包皮を脱いだクリトリスに吸いつくと、若腰のわななきが爆発的なものになった。

「くぅうーン。いい、いいのぉ」

悦びを素直に訴えるのがいじらしい。お返しのつもりか、聖美はしがみついていたペニスの先端を含んで吸い立てた。

けれど、秘核ねぶりの刺激には勝てまい。すぐに亀頭を吐き出し、全身を震わせた。

「ううう、ま、またイッちゃいそう」

タンクトップのみの、全裸に近いボディが忙しくくねる。二度目の高潮《たかしお》が迫っているようだ。

このままイカせるつもりで、邦彦は舌の動きを速くした。ところが、彼女がいきなり腰を浮かせたのである。

（え？）

たわわなヒップを重たげに揺らし、からだを邦彦の下半身へと移動させる。牡腰を跨《また》いだところで上体を起こし、そそり立つものを逆手で握った。

（え、まさか――）

逆ハート型の若尻が、屹立の真上に降りる。間違いない。セックスをするつもりなのだ。

「あん……オチンチン、カチカチ」

はしたないつぶやきとともに、亀頭が女芯《にょしん》にこすりつけられる。そこは温かく濡れ、こすれ合う粘膜がヌルヌルとすべった。

「ねえ、あなたもまだ出したいでしょ」

「う、うん」

「だったら、挿れるわよ」

横顔を見せて告げ、聖美が上半身をすっと下げる。肉の槍《やり》が狭い穴に入り込み、濡れた柔肉《やわにく》をかき分けて進んだ。

ぬるん——。

径の太いところが狭まりを乗り越える。

「おおお」

「あぁッ」

男と女の声が交錯《こうさく》した。

腿の付け根に若尻の重みを感じたとき、秘茎は根元まで熱い締めつけに包まれた。キュッとすぼまった膣ヒダが蠢《うごめ》き、この上ない悦びをもたらしてくれる。

(ああ、入った)

しかしそれは、かつて経験したことのない交歓の、ほんの入り口に過ぎなかったのだ。

6

「ああん、いっぱい」

聖美が艶声を洩らし、腰をくねくねさせる。彼女の中に入り込んだ分身がさらなる締めつけを浴び、邦彦は裸身を波打たせて喘いだ。

(ああ、おれ、この子とセックスしてる)

自覚することで、快感がいっそう高まる。ペニスがビクンビクンとしゃくり上げた。

「ああん、硬いオチンチン、好きぃ」

あられもないことを口にした半裸のマッサージ嬢が、上半身を前に倒す。突き出したヒップを上下に振り立てた。

パツパツ……ぱちゅんッ。

股間同士のぶつかりが、湿った音を鳴らす。

(うう、いやらしい)

逆ハート型の切れ込みに、濡れた筒肉が見え隠れする。そこには白い濁りがべっとりと絡みついていた。

「あ、あ、あん、いいの。オチンチンが奥まで来てるぅ」

彼女は一心に快楽を求め、尻を振り続ける。激しい動きにポニーテールがはずみ、寝台もギシギシと軋んだ。

若いからだは、女の歓《よろこ》びに目覚めているらしい。貪欲《どんよく》な腰づかいは、あたかも牡の精を搾《しぼ》り取ろうとしているかのようだ。

実際、邦彦は早くも危うくなっていた。

「そ、そんなに激しくしたら、出ちゃいます」

降参して告げると、聖美がぴたっと動きを止める。中に出されたらまずいと思ったのか、ヒップを浮かせて交わりを中断した。

淫液に濡れたペニスが膣からはずれる。もっと女体の中にいたかったと、不平をあらわに脈打った。

（うう、そんな……）

自分が爆発しそうになったせいなのに、邦彦は胸の内で不平を垂れた。これで終わりなのかと思ったのだ。

「しょうがないわね」

そう言って、彼女は髪の毛をまとめていたゴム輪をはずした。

ポニーテールがほどけ、艶やかな黒髪がはらりと落ちる。水が流れるみたいな、優美な動きだ。

思わず見とれてしまった邦彦であったが、ゴム輪を牡器官の根元に巻きつけられて戸惑う。それも、ペニスと陰嚢をまとめて、かなり強めに締められたのだ。

(え、何だ?)

どういうつもりなのかと思う間もなく、聖美が再びヒップをおろし、勃起を受け入れる。上半身をはずませ、「あんあん」と甲高《かんだか》い声を放った。

「うおお」

狭穴《きょうけつ》で摩擦され、またも上昇した邦彦であったが、不思議とある地点から上に行かなかった。

気持ちいいのは確かだし、出したい気持ちはある。なのに、射精する気配がまったくなかったのだ。

おまけに、肉根がいつになく膨張し、破裂しそうになっている。いや、冗談ではなく、不吉な痛みすら生じていた。

ゴム輪で精液の流れが押し止められているのだと、邦彦は程なく理解した。だから爆発しそうにないのだと。

(いや、これってまずいんじゃないか?)

なぜなら、血の流れもストップされている。海綿体は充血するものの、入った分の逃げ場がなく、ふくらむ一方なのだ。

「いたたたたたっ」

邦彦はとうとう音《ね》を上げた。充血を著しくするペニスが、今にも破裂しそうに痛んだのである。

射精すれば楽になるであろう。だが、タマ袋の付け根もゴムで圧迫されているため、いくら快感が募っても果てそうにない。

気持ちよくても、痛みも強烈だ。このままでは、ムスコが使い物にならなくなるかもしれない。

「お、お願いです。もう許してください」

涙声で懇願しても、聖美はリズミカルにヒップを上げ下げする。熱くヌメった蜜壺で、牡の猛りを摩擦し続けた。

「男でしょ？　我慢しなさい」

息をはずませて告げ、「あ、あっ」と艶めいた声をあげる。せっかくいいところなんだから、邪魔をするなと言いたげだ。

だが、男だからこそ我慢できないのだ。陰嚢のほうもパンパンになっているようで、そちらもパチンとはじけるのではないか。

こうなったら、聖美に満足してもらうしかない。邦彦は激痛を堪えて腰を突き上げ、女膣を深々と抉《えぐ》った。

「きゃんッ！　き、気持ちいいっ」

子犬みたいに啼《な》いたマッサージ嬢が、ハッハッと息を荒ぶらせる。かなり高まっているようだ。

（ええい。早くイッてくれ）

邦彦は涙をボロボロとこぼし、懸命に腰を振った。泣きながらセックスをするのなんて、生まれて初めてだ。

はち切れんばかりにふくらんだ亀頭が、媚肉《びにく》にこすれてピリピリする。かなり過敏になっているようだ。もともと薄い粘膜も、いよいよ限界かもしれない。

（本当に破裂するんじゃないか？）

潰れたミニトマトのイメージが脳裏に浮かぶ。あんなふうに薄皮が裂け、中の赤い果肉が飛び出すのではないか。

いや、それだけで済むとは思えない。海綿体は毛細血管の集まりなのだ。血が噴水のごとく噴き出すに違いない。

猟奇的な場面が浮かび、背すじが寒くなる。

（神様お願いします、助けてください）

チンコの無事をひたすら祈っていると、聖美がいよいよ頂上を迎えた。

「ああ、あ、イク、イクのぉおおおっ！」

歓喜の叫びを個室に響かせて、若い女体が背中をピンとのばす。肩や腰回りがビクッ、ビクンと痙攣したあと、がっくりと脱力した。

（助かった……）

邦彦は安堵し、額の汗を拭った。

「はぁ、はあ……」

深い呼吸を繰り返し、聖美がのろのろと尻を浮かせる。もっちりヒップの切れ込みから現れた分身に、邦彦は思わず目を見開いた。

（な、何だこれは⁉）

全体が赤紫色に腫れあがったそれは、異形《いぎょう》の物体以外の何ものでもなかった。

（ああ、おれのチンポがこんな姿に……）

変わり果てた我がムスコに、邦彦は思わず涙をこぼした。

根元をゴム輪で締めつけられ、鬱血《うっけつ》した凶悪な姿は、別の生き物のようでもある。そうでなければ、突然変異のナスビだ。

寝台の脇に降りた聖美は、邦彦のイチモツをまじまじと見て、

「まあ、立派になったのね」

と、他人事《ひとごと》みたいに言った。彼女をオルガスムスに導くために、そんな姿になった恩も忘れて。

「は、早くゴムを取ってください」

痛みがぶり返し、邦彦は急かした。早急に手当てしないと、本当に使い物にならなくなる。

「わかってるわよ」

うるさそうに返答した聖美が、牡器官の根元を指で確認する。しかし、思いの外《ほか》ゴムが喰い込んでいたようで、すぐに諦めた。

「ちょっと待ってて。ゴムを切るから」

そう言って、彼女がカラーボックスから取り出したのは、カッターであった。

(おい、大丈夫なんだろうな？)

邦彦は恐怖に苛まれた。何しろ、ペニスは限界まで血を溜めているのである。ちょっとでも本体に傷をつけたら、血が噴き出すのは確実だ。

そのことは、聖美のほうもわかっていたらしい。慎重に作業を進め、どうにかゴムのみをパチンと切断することに成功した。

「あああ……」

邦彦は安堵の声を洩らした。止まっていた血が流れて痛みがおさまっただけでなく、ペニスが火照ってジンジンと痺れ、妙に気持ちよかったのだ。

もっとも、そこは凜然《りんぜん》となったままである。鬱血の色はだいぶ引いたものの、赤みがまだ残っていた。

さらに、不安が解消されたおかげで、楽になりたいと疼きだす。

「全然小さくならないのね。まだ出したいの？」

彼女があきれた口調で訊ねる。すでに一度射精しているから、もういいだろうと言いたいのか。

だが、その後ここまで復活させたのは、他ならぬ彼女自身なのである。こんな状態で放り出すのは、あまりに残酷ではないか。

「はい。出したいです」

素直に認めると、マッサージ嬢がやれやれという顔を見せる。

「ま、しょうがないわね。わたしのマッサージで、ここまで元気になったんだもの」

自分の手柄だと主張したいらしい。否定できないので、邦彦は受け流すことにした。

しなやかな指が、無骨な肉器官に巻きつく。痺れが快さに昇華され、邦彦は腰をブルッと震わせた。

（うう、気持ちいい）

すぐにでも発射したくなる。

「こんなにカチカチにしちゃって。やっぱりマッサージが効いたのね」

得意げに言った聖美が、手の握りに強弱を加える。悦びがふくれあがり、邦彦は腹部を波打たせて喘いだ。

（ああ、たまらない）

白く濁った先走りが、鈴口からドロリと溢れる。ゴムの締めつけで堰《せ》き止められていたぶんが出てきたのか。

それを指に絡め取り、彼女が敏感なくびれをヌルヌルとしごき上げる。男性機能を高めるマッサージだけでなく、性的なマッサージもかなりの腕前だ。

「す、すごく気持ちいいです」

声を震わせて告げると、聖美がニッコリと白い歯をこぼす。それまでで最高に愛らしい笑顔だった。

「じゃあ、タマタマも気持ちよくしてあげるわね」

再び陰嚢マッサージが施される。片手で摑んで引っ張られた急所が、巧みな指技でくにくにと揉みほぐされた。

同時にペニスもしごかれる。豪華二点セットの施しに、性感がたちまち限界を突破した。

「ああ、出ます。出る。いく——」

呻くように告げたところで、めくるめく瞬間が訪れる。愉悦が全身に広がり、秘茎の中心を熱いものが貫いた。

それが今まさに鈴口からほとばしろうとしたとき、亀頭が温かく濡れたものにすっぽりと包まれたのである。

（え？）

歓喜にひたりつつも頭をもたげた邦彦が目にしたのは、股間に顔を伏せた聖美の姿であった。艶やかな黒髪がカーテンのように隠し、どうなっているのか目視では確認できない。

しかし、何をされているのかなんて、考えるまでもなかった。

「ああ、ああ、うあああああっ！」

蕩ける悦楽に流されて、邦彦は牡のエキスをドクドクと放った。

若いマッサージ嬢は舌を回し、次々と溢れるものを巧みにいなす。てろてろとねぶられる亀頭粘膜は、くすぐったさを強烈にした快美にまみれた。

最後に、尿道に溜まったものをチュウと強く吸われ、駄目押しの快感に腰がガクンと跳ねる。

(……おれ、この子の口の中に出しちまった)

口内発射の罪悪感が募ったところで、唇がはずされた。

「ふう」

聖美が深い息をつく。何も吐き出そうとしない。どうやら青くさい牡汁を、すべて胃に落としたらしい。

「濃くて美味しい精液だったわ。男性機能は心配なし。もうバッチリね」

朗《ほが》らかに言われ、居たたまれなさを覚える。

(なんて子だよ、まったく……)

それでいて彼女の艶っぽい笑顔に、邦彦はときめいていたのである。

第四章　人妻課長の匂い

1

精力を高めるためには、やはり食べ物が重要である。そのことを、邦彦は改めて自覚させられた。

（まったく、若返ったみたいだな）

朝勃ちはもちろん、昂奮状態になったときも、ペニスの硬さがこれまでと違う。特に、精力を高めるものを食べた翌日は尚さらに。十代並みに、カチカチのバキバキなのだ。

スタミナ増強効果のあるムチンを含むネバネバ食品は、最低でも一日にひと品は食べている。また、牡蠣も安売りをしていれば、必ず購入した。

その他によく食べるものといえば、スタミナ食の代表とも言える、ニンニク、ニラ、タマネギであろう。

これらユリ科の食品に含まれる栄養素は、アリシンだ。血液をサラサラにする効力に加え、他の栄養成分を活性化する働きもある。それにより、体内の様々な分泌《ぶんぴつ》が促《うなが》され、精力増大につながるのだ。

よって、単独で食べるよりも、たとえばレバニラ炒めのように、他の精のつく食べ物と合わせて料理をするのが効果的である。

アリシンを含む食品は安いから、毎日でも食べられる。ただ、欠点もあった。匂いだ。

特にニンニクやニラは、食べ過ぎると翌日にまで影響が残る。実際、それらのものをたんまりと食した翌日は、会社に行くと女子社員から白い目で見られるのである。

もっとも、自分ではよくわからない。露骨に嫌がられるところをみると、はっきりわかるほどくさいらしい。口臭だけでなく、汗に混じってからだ中から匂いが出ているのかもしれない。

けれど、ひとたび勃起すれば、ムスコはバキバキだ。これが男としての自信を高め、仕事のやる気も出るのである。まさに痛し痒《かゆ》しというところか。

邦彦は営業部の主任である。外回りに出ることもあり、そんなときは残念ながら、ニンニクやニラは御法度だ。

得意先に不快な思いをさせたら、うまくいくはずの取引もご破算《わさん》になる。よって、精力増強と仕事の両立が、彼の課題とも言えた。

もうひとつ、勃起力こそ向上したものの、その威力を発揮する相手がいないのが、目下の悩みである。

美人女医の玲華や、出張先で出会ったマッサージ嬢の聖美とは、幸運にも肉体を交わすことができた。しかし、どちらも一回こっきり。その後の交流には至っていない。

邦彦としては、できればお隣の未亡人、美也子と親密になりたい。一度愛撫を交わしたあと気まずくなったものの、どうにか前のように笑顔で挨拶ができるまでになったのだから。

ただ、さらに関係を深めるとなると、ハードルが高そうである。

（どうすれば美也子さんと仲良くなれるのかなあ）

せっかく元気になったイチモツを、彼女のアソコに挿《い》れたい。夫を亡くして以来の逞しい男根に、きっとよがってくれるはずだ。

とは言え、ニンニクくさいままでは、百年の恋も冷めるだろう。それをどうするかも、彼の悩みであった。

2

その日、邦彦が出勤すると、思ってもみなかった事態が待ち受けていた。

「え、河村《かわむら》が?」

部下のひとりが急病で休むと、課長に連絡があったという。そいつは今日、邦彦も関わっていた大切な商談の約束があるのだ。

「盲腸《もうちょう》だっていうんだよ。もう、ちょうがないなあとは、本人に言っておいたがね」

くだらない駄洒落《だじゃれ》を口にした課長の首を、邦彦はネクタイで絞めたくなった。

「まあ、そういうことだから、館君、河村君の代わりを頼むよ」

「わ、私がですか?」

「あの件を任せられるのは、君しかいないからね。よろしく頼むよ」

課長はそう言ってから、眉をひそめた。

「あと、先方に行く前に、しっかり歯を磨けよ」

「あ——」

邦彦は焦って口を押さえた。

（これから営業に？　ま、まずいぞっ！）

今日は外回りの予定などなかったから、昨夜はニンニクたっぷりのレバニラ炒めという、かなり強烈なものを食べたのだ。

さらに納豆キムチもいただいて、おかげで朝勃ちが著しく、痛いほどの膨張で目が覚めてしまった。朝から一発抜こうかと、迷ったぐらいなのである。

そこまで元気になったのは嬉しいものの、当然ながらお口のニオイは強烈だ。いや、これは消化器官から出ているのかもしれないし、汗腺《かんせん》からも分泌されている恐れがある。

さらにまずいことに、先方の担当者は女性なのだ。

エチケットに関しては、男以上に厳格であろう。大切な商談でニンニクくさい息を嗅がせてしまったら、まず間違いなく疎《うと》まれて、今回の話はなかったことにされてしまう。

ところが、課長が言ったとおり、代役を務められるのは自分だけだ。河村とふたりで担当していた案件ゆえ、他に見積《みつもり》を説明できる課員はいなかった。

（ええい、何とかしなくっちゃ）

邦彦は課長の許可をもらい、会社近くのコンビニに駆け込んだ。そこで歯磨きセットの他、口腔《こうこう》洗浄剤や口臭清涼剤《せいりょうざい》、息を爽やかにしてくれそうなガムやキャンディなども買い求めた。

会社に戻ると、歯茎に血が滲むほどしっかりと歯を磨く。それからマウスウォッシュでブクブクとうがいをし、口の中がすっとするミント系の錠剤《じょうざい》をばりぼりと噛みまくった。

その後も、商談先に着くまでのあいだガムを噛み、キャンディをねぶり続けたのである。

涙ぐましい努力の甲斐あって、ニンニクの匂いはほとんどしなくなったようだ。先方の会社に到着し、受付嬢に用件を告げたときも、特に妙な顔はされなかった。もっとも、何があってもにこやかに対応するよう、訓練されていたためかもしれないが。

（しゃべるときは、なるべく息を吐かないようにしなくちゃな）

とは言え、そんな芸当ができるとは思えない。あとはもう、運を天に任せるのみだ。

来客用の応接室に通されて間もなく、担当者が現れた。

「あら、今日は館主任がいらしてくださったんですか？」

最初に部下の河村と訪れたきりで、あとは彼に任せていた。なのに、ちゃんと憶《おぼ》えていてくれたらしい。

（やっぱりできるひとは違うな）

彼女――桐野乃里江《きりののりえ》は邦彦より年下で、三十七歳にして総務課長なのだ。

商談を成功させるためには、相手のことをよく知っておく必要がある。そのため、先方の担当者である彼女の年齢はもちろん、人妻であることも邦彦はわかっていた。

だからと言って、余裕を持って相見《あいまみ》えられるとは限らない。

（うう、やっぱり苦手なタイプだなあ）

四十二歳の邦彦より五つも年下なのに、すでに課長だなんて。できる女性に相応《ふさわ》しい、黒のかちっとしたスーツ姿を前にするだけで、気後《きおく》れしそうになる。

眼鏡が似合う理知的な美貌にも、近寄り難さを感じる。あなたとは住む世界が違うのよと、冷たく突き放しているかのようだ。

（河村も、よく桐野課長と話ができたものだなあ）

部下ながらあっぱれである。いずれ出世で抜かれるかもしれない。

邦彦はと言えば、ずっと恐縮していた。一流企業だけあって応接室も立派で、そこにふたりっきりという状況にも緊張し、妙な汗が出まくりであった。

「ああ、ええと、こちらが見積書になるのですが」

持ってきた書類をローテーブルに出すときにも、指がどうしようもなく震えた。価格については折り合いがついており、突っ返されることなどないはずなのに、警戒心の強い猫みたいにビクついてしまう。

「では、拝見いたします」

乃里江が見積書を手に取り、精査する。どんな些細《ささい》なことも見逃さないであろう、鋭い眼差しで。

眼鏡のレンズがきらりと光るのにも、どぎまぎさせられる。目が合ったら射すくめられそうで、邦彦は視線を下に向けた。

そのとき、きちんと揃えられた、美人課長の膝小僧《ひざこぞう》が目に入る。

スカートは膝上で、太腿が三分の一ほど見えていた。ナマ脚ではなく、ベージュのストッキングに包まれている。

（綺麗《きれい》な脚だな……）

苦手なタイプでも、女性としては大いに魅力的だ。

大腿部はむっちりして肉感的ながら、膝から下はすらりとしている。ソファーに沈みがちなヒップも、なかなかボリュームがありそうだ。

（って、何を考えているんだよ）

大切な商談中に、相手の女性を品定めするなんて。もしも悟られたら、きっと怒りを買うに決まっている。

一方で、こんな綺麗なひとに叱られたら、それはそれでたまらないのではないかと、おかしな願望が頭をもたげる。

何しろ、美人女医の玲華に屈辱的な「触診《しょくしん》」をされたときも、けっこう感じてしまったのだ。あれでMっ気に目覚めさせられたのだろうか。

（桐野課長にも、『こんな見積が通用すると思ってるの？』なんて叱られて、肛門に指を突っ込まれたいな）

厳格な雰囲気をまとった美熟女は、そういう女王様っぽい振る舞いが得意そうだ。

などと、卑猥《ひわい》な妄想をしたために、ペニスがムクムクと膨張する。昨晩のスタミナ料理の影響が残っていたようで、かなり著しいエレクトだ。

（ま、まずい）

不測の勃起に、邦彦はうろたえた。

あからさまなテントをこしらえた股間を、スーツの裾でそれとなく隠す。本当は分身の向きを手で直したいのであるが、正面にいる乃里江に見つかったら、ただでは済まないであろう。

『大切な商談中にチンポをいじるなんて、なんて不真面目《ふまじめ》なひとなの！』

などと、激しく怒られるのではないか。

もっとも、理知的な美熟女が、チンポなんて卑俗《ひぞく》な言い回しを口にするはずがない。どうも彼女に対して、ＳＭの女王様的なイメージを持ちすぎているようである。

ともあれ、どうか勃起がバレませんようにと、邦彦は心の中で両手を合わせた。と、乃里江の様子がおかしいことに気がつく。

（え、あれ？）

見積書をじっと見ているはずなのに、目の動きが落ち着きをなくしているように感じられた。

そして、彼女の小鼻がヒクヒクしているのを発見し、その原因に思い至る。

（あ、おれの匂いだ！）

昨晩食べたニンニク入りレバニラ炒めなどの残り香を消すべく、しっかり処理したつもりであった。しかし、歯磨きも口臭ケアも完璧《かんぺき》ではなかったのか。試しに片手を口に当て、気づかれないようハァと息を吐く。すると、わずかながら匂ったのである。

（これが桐野課長を不快にさせてるのか？）

けれど、応接セットで向かい合っているから、それほど距離は近くないのだ。邦彦はほとんどしゃべっていないし、息が届くとは思えなかった。

（ということは、汗かもしれないぞ？）

緊張してヘンな汗をかいたから、そこに食べたものの成分が溶け込んでいたのではないか。ニンニクにニラ、さらには納豆の。

からだが漂わせる匂いまでは、残念ながら自分ではわからない。それに慣れきっているからだ。彼女の目の前で、腕や腋の下などをクンクンするのも抵抗があった。

（こんなことで商談がパーになったらどうしよう……）

いい年をして泣きそうになる。精力を高めるために食事に気を配ってきたのが、まさしく裏目に出たということか。

意気消沈する主など関係なく、不肖のムスコは元気ビンビンである。邦彦を嘲《あざ》笑《わら》うがごとく脈打って、早くも先走りの露《つゆ》をこぼす。亀頭が持ちあげるブリーフの裏地が湿っているから、わかるのである。

すると、美人課長が顔をあげる。

「概《おおむ》ねけっこうだと思います」

どことなく素っ気ない口調で告げ、今度は邦彦をじっと見つめる。言いたいことがあるのは確実だ。

（こんなくさい男とは取引できないって、断られるんだろうか……）

戦々恐々《せんせんきょうきょう》としていると、予想もしなかったことを言われる。

「隣に坐ってもいいかしら？」

3

邦彦は、応接セットの三人掛けソファーに腰掛けていた。そして、正面のひとり用に坐っていた乃里江が、了解の返事を待つことなく、隣に移ってきたのである。

（え、なんだなんだ？）

突然のことに、軽いパニックに陥《おちい》る。しかも、彼女がぴったりと身を寄せてきたものだから、尚《なお》さら焦りまくった。

（おれがくさいから、不愉快だったんじゃないのか？）

だったら、ここまで接近するはずがない。匂いのせいだというのは、単なる気にしすぎだったのか。

そうだとしても、乃里江がどうして隣に来たのか、理由がさっぱりわからない。

「今回の取引は、この見積で進めていただけますか？」

「は、はい。ありがとうございます」

邦彦はしゃちほこ張って礼を述べた。

「但《ただ》し、条件というわけではないんですけど、わたしのお願いを聞いていただきたいんです」

その言葉に、ドキッとして彼女を見る。何かを求めるような、いっそおねだりの眼差しを見せていた。

（ひょっとして、次の取引では、さらに値引きしろっていうのか？）

隣に坐ったのも、懐柔《かいじゅう》するための手段なのだとか。そう簡単に言いなりになってたまるものかと、邦彦は身構えた。

「お願いって何ですか？」

努《つと》めて冷静に訊き返すと、乃里江がポッと頬を染める。厳格な印象が強かった美人課長が、ふと見せた女の顔は、やけになまめかしく映った。

おかげで、邦彦はまたも狼狽する。

（ひょっとして、おれのことが――）

愛の告白をされるのかと、気持ちが浮き立つ。だが、彼女が人妻であることを思い出し、早合点だと気がついた。

「あの……こんなことをお願いするなんて、はしたない女だと思わないでくださいね」

「お、思いません。絶対に」

用件を口に出される前に断言したのは、それだけ彼女を信頼していたためもある。会うのは今日が二回目ながら、真面目で良識的なひとだと信じられた。

ところが、告げられた望みは、まったく予想もしなかったことであった。

「館さんの匂いを、嗅がせてほしいんです」

邦彦は大いに戸惑った。ニンニクくさい口臭や、汗くささを心配していたのに、それを嗅ぎたいというのか。

「に、匂いって？」

「わたし、男のひとの匂いに弱いんです。それも、ヘンに飾ったりしない、正直な匂いに」

「はあ……」

「最近はみんな清潔志向で、匂いのエチケットを気にしすぎていますから、男性でも人工的ないい匂いをさせているじゃないですか。ウチの主人もそうなんですけど」

そういう傾向は、邦彦も感じていた。だからこそ、自分が女子社員たちから白い目で見られるのだとも。

「わたし、そういうのが嫌いなんです。男なら男らしく、男くさくあってほしいと思うんです」

では、やっぱり自分はくさいのかと、軽く落ち込む。まあ、事実そうなのであるが。

「そういうことですから、じっとしててくださいね」

わくわくした顔で邦彦のジャケットを脱がせにかかるのは、三十七歳にして総務課長という有能な美女なのだ。こんな大胆な、いや、いっそ破廉恥《はれんち》な行動が、最も相応しくないひとなのに。

(おれの匂いを嗅ぎたいって言ったけど、まさか素っ裸にするつもりなのか?)

危ぶんだ邦彦であったが、乃里江はさすがにそこまで性急ではなかった。ネクタイをほどき、ワイシャツのボタンをはずしたところで、いったんストップする。

「ああ」

感に堪《た》えない声を洩らし、彼女は邦彦の胸に縋《すが》りついた。

ワイシャツの前をはだけ、ランニングシャツに鼻をこすりつける。愛《いと》おしくてたまらないというふうに。

(おれ、そんなにいい匂いなのか?)

ここまでされれば、自分に女性を虜《とりこ》にするフェロモンがあるのだと、錯覚《さっかく》しそうになる。

「男の匂い……素敵だわ」

うっとりした声を、邦彦は同僚の女子社員に聞かせたかった。ニンニクやニラなどを食べた翌日、彼女たちは露骨に嫌悪をあらわにするからである。

（こういう大人の女性だからこそ、本当の男らしさがわかるんだな）

同僚女子など、所詮《しょせん》はくちばしが黄色いひよっこなのだ。男の魅力など、てんでわかっちゃいない。

すると、乃里江が顔をあげ、トロンとした眼差しを向けてくる。

「ね、ハァーってして」

「え？」

「わたしの顔に息をかけて」

戸惑いつつも言われたとおりにすると、彼女は眼鏡の曇《くも》りも気にせずのけ反《ぞ》った。

「ああ、たまらないわ」

これにはさすがに、邦彦も赤面せずにいられなかった。

（男くさいのが好きって言ってたけど、ただの匂いフェチなんじゃないのか？）

実際、ワイシャツを肩からはずさせると、乃里江は彼の腋にまで顔を埋めたのである。フンフンと鼻息を荒くして。

「うーん、どうにかなっちゃいそう」

感動しているようながら、邦彦は少しも嬉しくない。むしろ居たたまれないだけだ。

腋臭《わきが》ではないから、そこは普通に汗くさいだけであろう。しかしながら、他のところより匂いが強いのも事実である。

（こんなものまで好きだってことは、ひょっとして——）

危ぶんだことが現実になる。美人課長がベルトに手をかけて弛《ゆる》め、ズボンの前を開いた。

「おしりを上げてちょうだい」

おねだりの口調で言われても、おいそれとは従えない。汗で蒸れた股間をクンクンされるに違いないからだ。

「こ、こんな場所で、そんなことはできません」

断ると、途端に乃里江が不機嫌《ふきげん》になる。邦彦の体臭を嗅ぎ、うっとりしていたのが嘘のように、眉をひそめてなじった。

「あら、わたしのお願いを聞いてくれるんじゃなかったの？　酷《ひど》いわ。恥を忍んで打ち明けたのに、裏切るなんて」

約束が違うとばかりに責められる。だが、股ぐらを嗅がせるなんて約束はしなかったはずだし、そこまでするとは思わなかったのだ。

「で、ですけど、ここで脱ぐのはちょっと」

訪問先の応接室で性器を露出するなんて、邦彦の営業セオリーにはない。だいたい、見つかったらどうするのか。

「だいじょうぶ。ここには誰も入って来ません。表に『会議中、入室厳禁』の札を下げておきましたから」

まさか、こうなることを見越して、そんな表示を用意したのだろうか。

（いや、さすがにそれはないか）

彼女はおそらく、邦彦のからだから漂うニンニクやニラの残り香を嗅いで、フェチっぽい衝動を抑えきれなくなったのだ。あらかじめ想定された展開ではあるまい。

それでも、一度始めた手前、途中でやめることはできないらしい。

「言うことが聞けないのであれば、今回の取引はなかったことにさせていただきます」

きっぱりと告げられ、さすがに邦彦は焦った。これは明らかに脅迫《きょうはく》だ。

「そ、そんな、困ります」

「だったら、おとなしく従いなさい」

ぴしゃりと命じられ、観念する。乃里江は諦《あきら》めそうにないし、もはや折れるしか道は残されていないようだ。

加えて、こちらを睨《にら》むキツい眼差しにも圧倒される。

(桐野課長は、やっぱり女王様タイプだったんだな……)

勝手な思い込みが、まさか当を得ていたなんて。

邦彦がのろのろと腰を浮かせると、乃里江が嬉々《きき》としてズボンを脱がせる。それも、中のブリーフごとまとめて。

「あっ」

いきなり下半身すっぽんぽんにされるとは思ってもみず、邦彦は生殖《せいしょく》器官をすぐに両手で隠した。けれど、穿《は》き物《もの》を爪先《つまさき》から奪い取った女課長から、邪険《じゃけん》に振り払われてしまう。

(うう、見られた……)

年下の美女に恥ずかしいところを晒し、泣きたくなるほどの羞恥にまみれる。さっきは不埒《ふらち》な妄想でふくらんだそこも、今は平常状態に戻っていた。亀頭が半分以上も皮で隠れているものだから、余計にみっともない。

そんな思いが通じたわけでもないのだろう。しなやかな指が秘茎を摘まみ、包皮をくるりと翻転《ほんてん》させた。

「むうう」

くすぐったいような快美が生じる。邦彦は呻いて尻をもぞつかせた。

「わたし、これが大好きなのよ。剝きたての香り」

美貌のキャリアレディがいきなり顔を伏せ、牡の性器をクンクンと嗅ぐ。それも、包皮で隠れていたくびれ部分を。

洗っていないそこが、どれほど不快な匂いを発しているのか、邦彦はもちろん知っている。

（なんてひとだよ、まったく）

挽《ひ》きたてのコーヒーならともかく、剝きたての亀頭を喜ぶなんて。こんな綺麗なひとがどうしてと、驚くよりもあきれてしまう。

乃里江はそれだけにとどまらなかった。邦彦の脚を開かせると、汗じみた腿の付け根や、陰茎と陰囊の境界部分、さらには陰毛が群《む》れているところも、執拗《しつよう》に嗅ぎまわった。

そうやってくさいところばかり狙うのは、匂いフェチたる証拠である。

（まさか、こんな趣味があったなんて……）

取引先のことはちゃんと調べたものの、さすがに性的な嗜好《しこう》は調査の範囲外だった。まあ、調べようもないが。

夫がエチケットに敏感で、いい匂いをさせているのが不満だと、彼女はぼやいていた。けれど、妻がこんなふうだからこそ、フレグランスに気を配らざるを得なくなったのではないか。何しろ少しでも生々しい匂いをさせていたら、犬みたいに鼻を鳴らされるのだ。

(旦那さんも気の毒だな)

美人でできた奥さんだからこそ余計に、居たたまれないに違いない。

とにかく、一刻も早くこの辱《はずかし》めから解放されたいと願っていると、乃里江が眼鏡を外した。あちこち嗅ぎまわるのに、邪魔になったのではないか。

(え?)

邦彦はドキッとした。眼鏡美人の女課長が、理知的なシンボルを取り去ったことで、妖艶な印象が強まったのだ。

淫蕩に潤んだ目は、レンズ越しよりも直のほうが色っぽい。見つめられるだけで、吸い込まれそうになる。

「館主任のオチンチン、とってもいい匂いだわ」

はしたないことを口にされ、鼓動がますます高鳴る。それに呼応して血液が下半身に殺到し、海綿体が充血を開始した。

（あ、まずい）

こんな状況で勃起したら、匂いを嗅がれて昂奮したと誤解されてしまう。

しかし、ペニスの膨張は止まらない。昨晩のスタミナ食の影響か、朝勃ちさながらに硬く屹立した。

「まあ、うふふ」

反り返った肉色の槍に、乃里江が目を細める。どこか親愛のこもった面差《おもざ》しを浮かべたのは、お仲間を見つけたと思ったからか。

（くそ……おれは匂いフェチじゃないのに）

いや、そうでもないのかと思ったところで、不意に突破口を見つける。

「桐野課長、おれにもお返しをさせてください」

「え、お返しって？」

「おれも、桐野課長の匂いが嗅ぎたいんです」

逆にクンクンされたら、彼女はどんな反応を示すのだろう。

4

「……わたしの匂いを？」

乃里江が戸惑いを浮かべる。どうやら嗅ぐことはあっても、嗅がれたことはあまりなさそうだ。

「はい、是非。そうすれば、お互い対等になれますから」

ビジネスは公平であるべきなのだ。まあ、これはビジネスとは言い難《がた》いが。

「わたしの匂いなんか嗅いでも、面白くないでしょう」

美人課長が眉をひそめる。

「そんなことありません。実は、さっきから桐野課長のいい匂いを嗅いで、たまらなくなっていたんです。だからここも、こんなに大きくなったんです」

痛いほどに勃起して脈打つ分身を指差すと、彼女は「そうなの？」と小首をかしげた。

「そうなんです。それに、あくまでも対等にということで、おれが嗅いだあとは、また桐野課長の番になりますから」

もともと交替で嗅ぎあうなんて約束はしなかったのに、そういう流れに持っていく。乃里江もそれならばと納得したふうに、「わかったわ」とうなずいた。

「だけど、わたしは服を脱ぎませんからね」

こちらのワイシャツをはだけ、ズボンとブリーフまで奪ったくせに、まったくフェアではない。しかし、ここはとりあえず譲歩だと、邦彦は了承した。

「でも、靴ぐらいならいいですよね？　服じゃないんですから」

「え？　まあ、そのぐらいなら……」

「それじゃ」

邦彦は身を屈《かが》めた。美人課長の左のおみ足に触れると、黒いパンプスを脱がせる。

ベージュのストッキングに包まれた爪先に、赤いペディキュアが透けている。人妻の可愛らしいおしゃれに、胸が妙にはずんだ。

「失礼します」

足をそろそろと持ちあげると、乃里江がソファーの背もたれにからだをあずける。何をするのかと訝《いぶか》るように、眉根を寄せていた。

手に捧げ持った足は、爪先のところがわずかに湿っていた。顔を近づけなくても、蒸れた酸味臭が感じられる。

（こんな綺麗なひとでも、足は匂うんだな）

けれど、少しも不快ではない。むしろ、麗《うるわ》しいお顔とのギャップで、昂奮させられる。

胸の辺りまで掲げたところで、足の裏を自分のほうに向ける。ナイロンの薄物は、指の付け根あたりに濡れジミが確認できた。

さらに、踵《かかと》や爪先が黒ずみ、毛玉もある。何度か穿いているもののようだ。それゆえ、美女のエキスがたっぷりと染み込んでいるはず。

邦彦は少しも迷うことなく、ストッキングの足裏に顔を押しつけた。それも、鼻が指の付け根辺りに当たるようにして。

途端に、脳天を直《じか》に殴られたような衝撃がある。

（ああ、すごい……）

どこか親しみのある、あられもない匂い。鼻奥がツンとなった。

「な、何してるのよっ！」

乃里江が悲鳴に近い声をあげる。邦彦の鼻面《はなづら》に密着した自身の足を、懸命に引き剝がそうとした。

男の飾らない体臭を嗅ぎたがる三十七歳の人妻課長も、自身が嗅がれることは好まないらしい。それとも、嗅がれているのが蒸れた匂いを漂わせるストッキングの爪先だから、抵抗するのか。

ともあれ、理知的な美女の、正直すぎるパフュームなのである。おそらく彼女の夫だって、これは嗅いだことがあるまい。

それゆえ貴重であり、美貌とのギャップにも昂奮させられる。

こんなもの、やすやすと逃すのはもったいない。邦彦は彼女の足首をしっかり捕まえて、指の付け根の湿ったところを執拗に嗅ぎ続けた。鼻の頭をナイロンにこすりつけるようにして。

「やめなさいよ。バカッ」

いよいよ堪忍袋《かんにんぶくろ》の緒が切れたか。乃里江が罵《ののし》り、膝を曲げ伸ばしして逃げようとする。

そんなことをすればスーツのスカートがめくれて、パンストに透ける下着がまる見えになるというのに。

（あ、白だ）

大人の女性ながら、パンティは清楚である。それもまた昂《たかぶ》りを呼び、邦彦は鼻をクンクンとあからさまに鳴らした。

（待てよ、この匂いって――）

汗と脂《あぶら》がミックスされたケモノっぽい芳香は、何かに似ている気がする。

ちょっと考えて、邦彦は思い出した。昨晩食べた精力を高める食べ物、納豆キムチを。

キムチのほうではない。美熟女の湿った爪先に、納豆に似た成分が感じられたのだ。

（ということは、足の匂いも精力を高めてくれるのかも）

事実、さっきから膨張していたペニスが、いっそう力を漲らせて脈打つ。

とは言え、足を嗅いで精力が高まったわけではない。単に昂奮したためなのである。所謂《いわゆる》いい匂いからかけ離れるほど、劣情も高まる心地がする。

「お願い……もう許して」

力まかせの抵抗に効果がないとわかると、乃里江は泣き落としに出た。目を潤ませて懇願《こんがん》し、こちらの憐憫《れんびん》を誘うつもりらしい。

ならばと、邦彦は交換条件を出した。

「じゃあ、他のところを嗅がせてもらいます。絶対に逆らわないでください。いいですね？」

これに、彼女は「わ、わかったわ」と即答した。足以外なら、どこでもかまわないということなのか。

（つまり、桐野課長にとって最も恥ずかしいのは、足の匂いなんだな）

それだけ強い臭気があると自覚しているようだ。あるいはコンプレックスなのかもしれない。納豆と似ているなんて指摘をしたら、羞恥のあまり泣き出すのではないか。

女王様然としたキャリアレディの涙を見たい気がしたものの、本気で泣かれたら無理強いができなくなる。女性が悲嘆に暮れる姿を見て、さらに辱めを与えられるほど、邦彦はサディストではなかった。

足を離すと、乃里江がホッとした顔を見せる。苦役《くえき》から解放されたみたいに、深いため息もついた。

ソファーに坐り直した彼女の隣に、邦彦は下半身すっぽんぽんのまま膝をついた。いきり立つ分身を、上下に振り立てながら。

「それじゃ、じっとしていてください」

言われて、美人課長が仕方ないという顔でうなずく。どこでも嗅がせると約束した手前、観念しているようだ。

（そんなに足の匂いを嗅がれたくなかったのか……）

そのわりに、パンプスを脱がせてもおとなしくしていたのはなぜなのか。疑問を覚えたものの、目の前にいる覚悟を決めた美熟女のほうが、今の邦彦には重要だった。

「では、失礼します」

艶々《つやつや》した綺麗な黒髪に、そっと鼻を寄せる。シャンプーの甘い香りに、うっとりせずにいられなかった。

（ああ、いい匂い）

漂うものを深々と吸い込むと、乃里江がくすぐったそうに首を縮める。鼻息がかかったのだろうか。

しかしながら、何も人工的な香料が嗅ぎたかったわけではない。邦彦はサラサラの髪に触れると、左右にかき分けた。

小さな耳介《じかい》が現れる。その後ろ側に鼻を寄せると、ほんのり汗の酸味を含んだ、甘い匂いが感じられた。

（こっちのほうが、もっと素敵だ）

人工的なものではない、人妻本来のかぐわしさだ。眼鏡をかけていた名残で、耳の上部分に赤い筋が残っているのが、痛々しくも色っぽい。

邦彦は嗅ぎながら顔の位置を下げ、うなじまでクンクンと匂いを辿《たど》った。うっとりと目を細めて。

「ああ……」

乃里江が恥じらい、小さな声を洩らす。耳介と頰が赤く染まった。

「桐野課長って、本当にいい匂いですね」

褒めても、「い、言わないで」と目を潤ませる。これが香水のことであれば、もっと嬉しそうにしたのではないか。べつに、自らがそれを調合したわけではなくとも。

なのに、自身のフレグランスを褒められて、恥ずかしがるのはなぜだろう。

（まあ、おれもそうだったけど）

彼女にあちこち嗅ぎまわられても、居たたまれないだけであった。もっとも、腋の下とか股間とか口臭とか、あからさまなところばかりを暴かれたせいもあったが。

ただ、嗅がれても恥ずかしくないところとなると、ひとつも思い浮かばない。

それは乃里江も同じであろう。

「やっぱり服は脱がないんですか？」

確認すると、「と、当然です」と身を固くされる。そうすると、嗅げる場所はごく限られてしまう。

「じゃあ、仕方ありませんね」

邦彦は美しい管理職の前に跪《ひざまず》いた。ソファーに腰掛けた彼女の、ストッキングに包まれた膝に両手を添え、左右に開かせようとする。

「な、何をするんですか⁉」

当然ながら乃里江は抗い、腿をぴったり閉じてしまった。

「約束ですよ。逆らわないって」

「でも……」

「べつに脱がなくてもいいですから、おれの好きにさせてください」

しかし、好きにさせたらどこの匂いを嗅がれるのか、彼女はわかっていたはずである。

「うう……い、意地悪ね」

涙目でなじっても、自業自得《じごうじとく》と言える。今回の取引をなかったことにするなどと脅《おど》し、男の体臭を嗅ぎ回ったのは乃里江のほうなのだから。

だいたい、邦彦はズボンもブリーフも奪われ、ナマの股間まで暴かれたのである。せめてパンスト越しでも秘臭を嗅がせてもらわなければ、割に合わない。

ところが、膝を力ずくで離そうとすると、

「待って。スカートを脱ぐから」

と、予想もしなかったことが告げられた。

「え、スカートを？」

「その代わり、ポーズはわたしの好きにさせてちょうだい」

この譲歩案を、邦彦は「わかりました」とすぐに呑んだ。理知的な美女が、自らインナーをあらわにすると申し出たのだ。

「うう……」

小さな嘆きをこぼしつつ、乃里江がスカートのホックをはずす。邦彦が見つめる前で、艶腰からそろそろと剝きおろした。

ベージュのパンストが包むのは、女らしく熟れた下半身だ。肉づきがよく、特に腰回りと太腿はむっちりしている。

（ああ、なんて色っぽいんだ）

眼福《がんぷく》の光景に、邦彦は胸をはずませた。股間の分身も、先走りを滲ませて小躍《こおど》りする。

彼女はポーズを好きにさせてと言ったのである。無理にされるのではなく、自分から股を開くのかと思っていた。

ところが、乃里江はソファーに横たわると、俯《うつぶ》せになった。豊かに盛りあがったおしりを、好きにしてと差し出すみたいに。

「いいわよ。どうぞ」

言われて、ようやく彼女の意図を理解する。

狭いソファーの上で俯せになれば、脚を開くことはできない。股間の匂いを嗅がれずに済むと考えたのではないか。

(チッ、ずるいな)

眉をひそめた邦彦であったが、これはこれで有りかもと考え直す。美熟女のヒップが、この上なくエロチックだったからだ。

豊かな丸みを包むナイロンに、白いパンティが透けている。裾がレースになっているのは、外にラインが出ないように考えられたデザインなのだろう。実用的でありながら、パンスト越しだとたまらなくセクシーだ。

5

「では、お言葉に甘えて」

熟れた趣を漂わせるパンスト尻に、邦彦は手をのばした。上半身はきちんとスーツを着て、下半身のみインナーを晒した破廉恥な姿に、情欲を沸き立たせながら。

そもそも匂いを嗅ぐという約束で、このような状況になったのである。さわるのは反則かなとチラッと思ったものの、乃里江だってペニスを摘まみ、皮を剝くことまでしたのだ。こっちは衣類越しに触れるのであり、どうということはあるまい。

巨大なお餅《もち》を思わせる双丘《そうきゅう》に、邦彦は手のひらをかぶせた。丸みに沿ってあてがっただけで、胸に感動が広がる。

（なんて素敵なおしりなんだ！）

パンストのザラッとしたなめらかさと、お肉の柔らかさが融合《ゆうごう》し、官能的なさわり心地を生み出している。手を動かすとぷりぷりとはずみ、指を喰い込ませると押し返す豊かな弾力も、四十二歳の男を嬉しがらせた。

「やあん」

乃里江が嘆き、腰をモジモジさせる。だが、この程度は想定内だったのか、咎められることはなかった。

それをいいことに、人妻尻をモミモミ、ナデナデして感触を愉しむ。ふたつのお肉を鷲摑《わしづか》みにし、左右に開いたり閉じたりもした。これがナマ身なら、おしりの穴が丸見えになるほどに。

「うう……そ、そんなにおしりが好きなの？」

あきれたような声が聞こえる。尻のさわり方が、かなりしつこかったかもしれない。

「桐野課長のおしりが素敵で、ちっとも飽きないんです」

率直な感想を告げると、ふっくらお肉が恥じらうようにすぼまった。

「あ、ありがと」

小声で礼が述べられる。匂いを褒められたときとは異なっていた。あるいは、おしりに自信があるから、こんなポーズを取ったのだとか。

それでも、当初の目的を思い出したらしい。

「だけど、おしりをさわらせるために、こんな格好をしたんじゃないわ」

「ああ、そうでした」

尻揉みはそのぐらいにして、邦彦はふっくらした丘に顔を寄せた。

揉みすぎたせいでパンティが喰い込み、裾からお肉がかなりはみ出している。いっそう煽情的になった眺めにも胸を高鳴らせつつ、まずは丘の頂上をクンクンと嗅いだ。

インナーに染み込んだ洗剤の香料らしき、甘ったるい匂いが感じられる。もちろん、彼女自身のかぐわしさも混じっているのだろう。

しかし、ごく控え目だから物足りない。

（よし、だったら――）

嗅ぎたいのは、もっと秘められたところなのだ。肉厚の臀部と太腿にガードされ、目で確認することはできない。しかし、鼻を突っ込めばなんとかなるかもしれない。

太腿と尻の境界部分、セクシーな十字ラインに、邦彦は顔を埋《うず》めた。

（ああ、ぷにぷにだ）

顔に当たるお肉の弾力がたまらない。それから、パンストの肌ざわりも。

下半身の肉づきがいいものだから、背後からでは秘苑に鼻が届かない。だが、乃里江の股間全体が、蒸れたように熱くなっているのはわかった。

さらに、熟成された趣の恥臭《ちしゅう》が、鼻腔《びこう》に流れ込む。

(おお、すごい)

邦彦は尻に顔を埋めたまま、こもるものを深々と吸い込んだ。剝き身のペニスを、幾度も反り返らせて。

汗と尿、その他さまざまな分泌物が溶け合ったそれは、発酵しすぎた乳製品のよう。いささか動物的でもある。

上品で理知的な美熟女とは、かけ離れたフレグランス。けれど、著しいギャップがあるがゆえに、昂奮もひとしおなのである。

(これが桐野課長のアソコの匂いなのか!)

パンストとパンティを穿いたままだから、布地に染み込んだぶんも合わさって、いっそう強い香気を放っているのではないか。さっき、爪先が匂ったのも、黒ずんだナイロンが汗で濡れていたためもあったのだろうし。

そのことを思い出して、不意に気がつく。陰部と足の臭気に、共通するエッセンスがあることを。

(へえ、不思議だな)

汗の成分が等しいからなのか。部位は異なれど、匂いの根幹《こんかん》は一緒なのかもしれない。

「ああん、もう……」

乃里江が嘆き、豊かなヒップをぷりぷりと揺する。すぐにでも離れてほしいと、訴えるかのように。

しかし、せっかく素晴らしいものを暴いたのだ。この程度で満足できるはずがない。

邦彦は鼻面をいっそうめり込ませ、少しでも女芯に迫ろうとした。臀部や太腿のもちもちした肉感触にも、昂りを募らせて。

すると、年上の男の浅ましさを気の毒に感じたのか、彼女が少しだけ脚を開いてくれたのである。わずかだが、その部分を目でも確認できるぐらいに。

（え、濡れてる？）

いったん顔を離した邦彦は、パンストのクロッチに濡れジミを見つけ、驚愕《きようがく》した。外にまで染み出しているということは、パンティはもっと湿っているに違いない。

つまり、それだけ人妻が欲情しているということだ。

おしりをしつこく愛撫され、感じたのだろうか。それとも、匂いを嗅がれることに、密かに昂っていたのか。

(桐野課長は嗅ぐだけじゃなくて、嗅がれることにも昂奮するみたいだぞ)

そのことを知られたくなかったから、あれだけ拒んだのかもしれない。爪先を嗅がれたときだって、嫌がりながらも愛液をこぼしていたのではないか。

(実は嗅がれたいって欲求があるのかも)

邦彦がパンプスを脱がせたときに抵抗しなかったのは、その気持ちがあったからなのだろう。恥ずかしいのは確かでも、それが成熟した女体を疼《うず》かせるのも、また事実らしい。

「もういいでしょ?」

乃里江が声を震わせて訊ねる。パンストに包まれたヒップを、もどかしげに揺すった。

だが、秘部はいっそう蒸れたふうに熱を帯び、なまめかしい牝臭《めしゅう》を濃くする。間違いなく欲情していると、邦彦は確信した。

「本当にそれでいいんですか?」

意地悪く問いかけると、豊かな丸みがピクッと震える。

「ど、どういう意味よ？」

「だって、桐野課長のアソコ、濡れてるじゃないですか。いやらしい匂いもしているし、気持ちよくしてほしいんですよね？」

ストレートな指摘に、三十七歳の熟女が身を強《こわ》ばらせる。即座に否定しなかったのは、そういう気持ちがあるからなのだ。

「──そ、そんなこと」

間を置いて、狼狽気味にかぶりを振ったものの、少しも説得力がない。

「だったら、どうしてここがビショビショになってるんですか？」

邦彦はクロッチのシミに指を差しのべた。ほんのり粘つきが感じられるところを上下になぞる。

「くぅうーン」

ほんの軽いタッチだったのに、乃里江が子犬のような声を洩らし、太腿をビクビクと震わせた。明らかに感じているのだ。

「これ、オシッコじゃないですよね。ヌルヌルしてますから」

辱めの言葉をかけて、さらに指を動かす。こすられるところが熱を放ち、ますます潤うのがわかった。

「ああぁ、だ、ダメ」

歓喜に抗えなくなった女体がくねり、熟れ尻が物欲しげにはずむ。煽情的な光景に、邦彦もペニスをいっそう硬くした。

（ああ、挿れたい）

疼く分身を、温かな蜜穴にぶち込みたい。まだ脱がせてもいないのに、激しい衝動がこみ上げる。

いっそこのまま肉の槍を突き立てて、パンストとパンティをまとめて破りたかった。とは言え、いくら十代並みに硬くなっていても、そんなことができるわけがない。ナイロンの薄物一枚だって難しいだろう。

すると、秘めた熱望が通じたのか、美人課長が切なげに息をはずませて告げる。

「そんなに悪戯《いたずら》したら、下着が汚れちゃうわ」

とっくに汚れているはずなのに、今さら取《と》り繕《つくろ》ったことを言う。

「じゃあ、どうすればいいんですか？」

「……脱がせて」

服を脱がないと宣言したはずが、ここに来ての方針撤回。もちろん、邦彦は歓迎こそすれ、拒《こば》む理由はなかった。

(直にアソコをいじられたいんだな)

あるいは彼女のほうも、逞しい牡が欲しくなっているのではないか。

「いいんですね?」

確認すると、美熟女が「ええ」と答えた。

6

「では、おしりを上げてもらえますか」

邦彦の指示に、乃里江がのろのろと膝を折る。諦めたようでありながら、期待にまみれているかにも見えた。

ベージュのナイロンに透ける熟れ尻は、パンティがハイレグさながらに喰い込み、いやらしいことこの上ない。そこが持ちあげられ、俯せ状態のときよりも際立つ丸みを見せつけた。

(ああ、素敵だ)

女の色香をぷんぷんと放つ、極上の豊臀《ほうでん》。これから、そのナマの姿を拝むことができるのだ。

勤務する会社の応接室で、男の前にスカートを脱いだ下半身を晒す人妻課長。腕で隠すようにしてソファーに顔を伏せ、尻だけを高く掲げている。あたかも、犯されるのを待ちわびるかのように。

これはもう、最後までいけるに違いない。

邦彦は確信し、パンストに指をかけた。気持ちが急《せ》いていたため、中の白いパンティごと、膝まで一気に剝きおろす。

ぷるん――。

たわわなお肉が、上下にはずんで現れた。

「ああ」

乃里江が小さく嘆き、尻の谷をキュッとすぼめた。見ないでとせがむみたいに。

だが、その程度のことで、秘められたところが隠せるはずがない。邦彦は剝き身の臀部を、ほぼ真後ろから直視しているのだ。

（これが桐野課長の……）

ふっくらと丸いおしりには、パンティのゴム跡が赤く残っている。それ以外はくすみも吹き出物もない、綺麗な肌だ。

優美な稜線《りようせん》にも、男心をくすぐられる。これぞ人体が隠し持つ芸術作品だと、思わずにいられない。

しかし、邦彦が最も惹《ひ》かれたのは、ぱっくりと割れた谷の狭間《はざま》に咲き誇る華芯《かしん》であった。

厚みがある大陰唇《だいいんしん》の縮れ毛は、それほど密集していない。そのため、恥割れを隠し切れていなかった。

ただ、範囲は広い。肛門の周囲にも、短いものが疎《まば》らに生えている。

（こんな綺麗なひとでも、おしりの穴に毛があるのか！）

今ははずしているものの、眼鏡の似合う理知的な美人。外見ばかりでなく、三十七歳で総務課長と、実際にできる女性なのだ。

そんな彼女の秘密を暴き、邦彦はすっかり有頂天であった。おまけに、合わせ目をじっとり濡らした女芯は、ケモノっぽい牝臭をむわむわと立ち昇らせているのだ。

「そんなに見ないで」

乃里江が涙声で訴え、丸まるとしたヒップを左右に揺らす。それでようやく我に返った。

「ああ、はい」

邦彦はたっぷりした尻肉を摑み、谷をぐいっと大きく開いた。可憐なアヌスばかりか、恥裂もひしゃげるほどに。

「キャッ、いやッ！」

羞恥の悲鳴を耳に入れたのと同時に、恥じらいの苑にくちづける。濃厚な女くささを深々と吸い込みながら、濡れた裂け目に舌を差し入れた。

「あああ、だ、ダメぇっ」

クンニリングスに対する乃里江の拒絶反応は、予想外に激しいものであった。悲鳴をあげ、もっちりヒップを左右に振る。

「イヤイヤ、やめてぇッ！」

涙声で中止をせがんだ。

彼女は自ら脱がせてと言い、性器をあらわにしたのである。てっきり、こうされることを望んでいたと思ったのに。

もっとも、いくら抵抗されても、そう簡単に離れることはできない。クセのあるチーズのような淫臭と、ほんのりしょっぱい蜜汁に、邦彦は心を鷲摑みにされていたのだから。

熟れ尻にしがみつき、舌をねちっこく律動させる。すると、乃里江がすすり泣き交じりに哀願した。

「お、お願い……そこ、汚れているの。くさいのよぉ」

どうやら、洗っていない秘部をねぶられることに抵抗があるらしい。それから、有りのままの匂いを知られることにも。

（ていうか、今さら遅いのに）

インナー越しとは言え、さっきからその部分を嗅いでいたのである。この期《ご》に及んで嫌がっても手遅れだ。

おそらく、いきなり舐められたものだから軽いパニックに陥り、覚悟も消し飛んでしまったのではないか。最初は指で愛撫するなり段階を踏めば、ここまで嫌がることはなかったのかもしれない。

とは言え、もはや後戻りは不可能だ。

「む……桐野課長のここ、とってもいい匂いですよ。ラブジュースも美味しいです」

とりあえず褒めれば落ち着くかと思ったものの、美しい人妻は「イヤイヤ」と嘆いた。

「そ、そんなのウソよ。嗅がないでッ」

丸っきり信用していないらしい。自身も男の蒸れた股間を嗅ぎまわったあとだから、取り繕った言葉では通用しまい。

だが、本当に嗅がれたくないのかといえば、そうでもなさそうなのである。

邦彦は再び舌を動かし、クンクンとあからさまに鼻を鳴らした。すると、乃里江が「いやぁ」と泣きべそ声をあげる。

「うう……わ、わたしの洗っていないくさいオマンコ、いっぱい嗅がれちゃってるぅ」

理知的な美熟女が、禁じられた四文字を口にする。衝撃に、邦彦は思わず舌を止めた。

「ああん、どぉしてぇ」

彼女が咎めるように陰部をすぼめる。やめないで、もっと舐めてとおねだりするみたいに。

(桐野課長、やっぱりアソコの匂いを嗅がれて昂奮しているみたいだぞ)

拒んだのは、単に気分を高めるためではないのか。恥ずかしいことをされているという状況に昂り、劣情の炎を燃えあがらせているようである。

7

恥芯舐めを再開させ、蒸れた女臭も堪能しながら、邦彦はこれからの展開を考えた。互いに嗅ぎ合ったほうが、もっと昂奮できるのではないかと。

「むぅ……桐野課長、どうせなら、ふたりで舐め合いませんか？」

華芯の粘っこい蜜を味わいながら提案すると、たわわなヒップがビクッとわななく。

「え、ふたりで？」

「お互いに匂いを嗅いで、アソコも舐め合えば、もっと昂奮すると思うんです」

この提案に、乃里江はすぐさま賛同した。もはや体面など繕っていられないほど、快楽に身を委《ゆだ》ねたくなっているようだ。

下半身のみまる出しの邦彦が、ソファーに仰向けで寝そべる。その上に、同じく下だけを脱いだ美熟女が逆向きで重なった。

シックスナインの体勢になるなり、乃里江が屹立の付け根に顔を埋める。

「ああ、男の匂い……」

さっきも嗅いだ蒸れまくりの牡臭に、うっとりした声を洩らす。邦彦も対抗するように艶尻を抱き寄せ、味わったばかりの陰部に口許を密着させた。

（うう、たまらない）

唾液をまぶされ、いっそう動物的な匂いを放つそこは、愛液も多量に滲ませていた。三十七歳の人妻課長が、それだけ淫らな気分にひたっている証《あかし》である。

そのため、感じ方も著しい。敏感な花の芽を探って吸いねぶると、成熟した下半身が感電したみたいにわななないた。

「はううう、そ、それいいッ」

悦びを素直に口にして、彼女も牡の漲《みなぎ》りを頬張《ほおば》る。チュッ、チュパッと舌鼓《したつづみ》を打ち、ふくらみきった亀頭を吸いたてた。

自身も感じ入っているぶん、乃里江のフェラチオはねちっこかった。舌が敏感なところを狙って這《は》い回るものだから、ペニスが蕩けそうに気持ちがいい。

それればかりか、しなやかな指が陰嚢も巧みに揉み撫でていたのだ。

（ああ、上手すぎる）

マッサージ嬢の聖美ほどではなかったが、熟女課長も睾丸奉仕に長《た》けているようだ。からだのあちこちが、ピクピクと歓喜の痙攣《けいれん》を示す。

（く――ま、まずい）

早くも限界が迫ってきそうで、邦彦は焦った。

上昇を抑えるべく、クリトリスを徹底して責める。彼女を感じさせることで、口淫奉仕に集中できなくさせようとしたのである。

「むうううっ」

肉根を口に収めたまま、乃里江が呻く。熟れ腰を揺らし、鼻息を荒くした。

応接室のソファーで、半裸で絡みあう男と女。悦びが高まれば高まるほど、オーラルセックスでは物足りなくなる。

「ぷは――」

勃起を吐き出し、人妻がハァハァと息をはずませる。唾液に濡れたペニスに、温かな風がかかった。

「ね、これ、ちょうだい」

勢いづくシンボルを、しごきながらおねだりする。迎え入れるはずの秘穴《ひけつ》から、甘みの強い蜜をトロリと溢れさせた。

「え、どこに？」

わかりきったことを訊ねると、淫らな答えが返される。

「オマンコよ。いいでしょ？　もう、我慢できないの」

魅力的な熟女からセックスを求められ、どうして拒むことができようか。

そもそも邦彦自身、ずっとエロチックな状況に置かれたまま、一度もほとばしらせていないのである。限界まで膨張した分身が切なく疼き、早く楽になりたいとせがんでいた。

「おれも、桐野課長としたいです」

同じ気持ちであることを伝えると、乃里江はすぐに動いた。邦彦から身を剝がし、交替してソファーに仰向ける。両膝を立てて開き、牡を迎えるポーズを取った。

「さあ、来て」

両手を差しのべ、取引先の男を淫蕩な眼差しで招く。商談を肉体交歓でまとめる腹づもりらしい。

(今回は、まさに枕営業だったな)

くだらないことを考えながら、邦彦は彼女にかぶさった。

正常位で結ばれる体勢になり、強ばりきった肉の槍で女芯を狙う。しとどになったところに、尖端《せんたん》をめり込ませると、

(うう、熱い)

粘膜同士のふれあいが、欲望の火照りを行き交わせた。

「ああ、ほ、欲しいの」

腰をくねらせて結合をねだるのは、理知的な人妻管理職。気後れを覚えるほどにきりっとした美貌を、今はだらしなく蕩《とろ》かせていた。

おまけに、会社の応接室で、スーツの下半身だけを脱いだ格好。こんな姿を社の幹部たちが目にしたら、せっかく重要な役職に登用したのにと嘆くだろうか。

いや、彼女の真の魅力に気がついて、全員フル勃起だ。

（おれ、ここで桐野課長とセックスするんだ）

邦彦自身、自らが置かれたシチュエーションだけで、軽い目眩《めまい》を覚えるほどに昂奮する。もはやほんの一秒だって我慢できない。

「挿れます」

鼻息を荒くして告げるなり、猛る分身をぐいと突き出す。充分すぎるほど潤っていた蜜穴は、逞しい牡を難なく受け入れた。

「おおおお」

乃里江が低い呻きを発し、半裸のボディをガクンガクンと波打たせる。挿入だけで昇りつめたみたいな、鋭敏な反応であった。

いや、本当に、軽くイッたのではないか。ふたりの陰部がぴったり重なると、ハァハァと気怠げな息づかいを示したのだから。

「素敵……鉄みたいに硬いオチンチンが、奥まで来てるわ」

うっとりした顔で、はしたないことを口にする。トロンとした眼差しが、色っぽくも淫らであった。

「桐野課長の中、すごく気持ちいいです」

感動を込めて告げると、彼女が両脚を牡腰《おすごし》に絡みつけてきた。まるで、離すまいとするかのように。

「だったら動きなさい」

情欲にまみれた命令に、邦彦は「はい」と従った。そろそろと後退させた秘茎を、女体の奥へ勢いよく戻す。

「はあああッ！」

歓喜の嬌声《きようせい》をほとばしらせた乃里江を、邦彦は狭いソファーの上で、飽くことなく責め苛《さいな》み続けた。

第五章　未亡人プレイバック

1

（うう、やっぱり硬いチンポは、しごき甲斐《がい》があるなあ）

今日も今日とてオナニーに励む邦彦である。鉄のごとき硬度を誇るムスコを右手で摩擦し、快楽に身を委ねる。

まさに至福のひととき。

今夜は食前に、買ってきたキウイ酒をいただいた。キウイフルーツには、勃起力を高める効果があると聞いたからだ。

おつまみに酢ニンニクも少々。これはお手製だ。ニンニクを甘酢にひたし、レンジで加熱。ひと晩おけば、翌日から食べられる。

そして、定番の納豆キムチをおかずにご飯を食べ、食後は杜仲茶《とちゅうちゃ》を一杯。これも精力アップが期待できる飲み物だ。

かように、下半身にいい食生活を送っているおかげで、ペニスは毎日元気である。

できれば女性とイイコトをして、威力《いりょく》を発揮したいものだが、残念ながらエロいチャンスはそうそう巡ってこない。このあいだ、取引先の美人課長と、応接室でまぐわうことができたのだって、棚《たな》からぼた餅《もち》みたいなものだ。

ここはやはり素敵な女性を射止めて、嬉し恥ずかしお付き合いをしたい。その相手がお隣の未亡人だったら、言うことなしだ。

(思い切って、美也子さんを食事に誘ってみようかな)

以前のように、にこやかな挨拶が交わせるまでになったのだ。そのぐらいはOKしてくれるのではないか。あとは徐々に親密な雰囲気を作って、関係を深めればいい。

希望的観測を頭の中に描き、自慰《じい》に耽《ふけ》る。快感がふくらむことで、美也子との淫らなふれあいが自然と思い出された。

(ああ、美也子さんのアソコ——)

洗っていない秘部の生々しい匂いを嗅ぎ、口もつけたのだ。酸味の強いチーズ臭と、ほんのりしょっぱい蜜の味は、今でも鮮明に思い出せる。

甘美な記憶が悦びを高め、手の動きが速くなる。滾々《こんこん》と溢《あふ》れるカウパー腺液が亀頭を伝い、上下する包皮に巻き込まれてクチュクチュと泡立った。

（う……出そうだ）

爆発が迫り、邦彦はボックスからティッシュを何枚か抜き取った。射精への準備を整え、カウントダウンを始めようとしたとき、

『ああん』

艶めいた声が聞こえてドキッとする。

（え、今のは？）

キョロキョロと周囲を見回しても、誰もいない。ただ、切なげな息づかいも耳に入る。間違いなく、隣の部屋からだ。

（じゃあ、これは美也子さんの？）

邦彦はゴクッとナマ唾を呑んだ。

あるいは、こちらのオナニーが影響を及ぼし、彼女をいやらしい気分にさせたのか。知らないあいだに、自分も妙な声を出していなかったろうかと気になる。

そんなことより、想像していることが事実かどうか、確認するのが先決だ。邦彦は壁に近づき、聞き耳を立てた。

『ああ、いやぁ』

いかにも気分が高まったふうな嬌声《きょうせい》に、鼓動が大きくなる。

（美也子さんもオナニーをしてるんだ！）

あるいは男を連れ込んでと、想像しなかったわけではない。しかし、男女の交わりなら、荒々しい振動や物音も伝わってくるはずだ。それがないのだから、隣には彼女しかいないことになる。

つまり、独り寝の寂しさに耐えきれず、自《みずか》らを慰めているのだ。

もっとも、そう簡単に決めつけるわけにはいかない。テレビの色めいた音声を未亡人のものと勘違いし、失態を犯した経験があるからだ。

まあ、そのおかげで、彼女と愛撫を交わすことができたのであるが。

ともあれ、今回は間違いないようだ。美也子の喘《あえ》ぎ声は、あのときしっかり耳にしている。今聞こえているのは、記憶にあるものとまったく同じだった。

『くうう、あ、ダメ——』

煽情的《せんじょうてき》な響きが耳に悩ましい。ここまではっきり聞こえるのだから、彼女はかなり大きな声を出しているようだ。

それゆえに、どんなふうにしているのかが気になる。

（うう、どうにか見えないかなあ）

透視能力でもあればと、隣室との境の壁を睨《にら》みつける。焦《じ》れったさに身悶《みもだ》えしながら。

そのとき、邦彦は不意に気がついた。細い柱と、白い漆喰壁《しっくいかべ》の境のところに、わずかな隙間があることに。

（あれ、こんなの前からあったかな？）

新しい建物ではないから、いよいよガタが来て壁と柱がずれたのか。ともあれ、もしかしたらと隙間《すきま》を覗けば、ほんの狭い範囲ではあったけれど、隣の部屋が見えたのだ。

「あ――――」

思わず洩れそうになった声を、慌てて呑み込む。

なんと、布団に横たわる美也子が、幸運にも視界に入っていたのである。しかも、熟れた趣《おもむき》を漂わせる腰の辺りが。

残念ながら裸ではなく、彼女は水色のパジャマを着ていた。けれど、ズボンの中に右手が入り込み、秘められたところをまさぐっていたのである。

（やっぱりオナニーをしてたんだ！）

全身がカッと熱くなる。握りしめていた勃起が、大きくしゃくりあげた。そのままほとばしらせそうになり、まずいと手を離す。

せっかく未亡人のあられもない姿が拝めそうなのだ。簡単に果ててしまっては勿体《もったい》ない。

邦彦は目を見開き、お隣のプライベートを窃視《せっし》した。

こんなことをしてはいけないと、道徳的な戒《いまし》めもチラッと頭をかすめる。だが、ここまで心惹かれる見世物《みせもの》を前にすれば、理性など役立たずだ。

「あ、あっ、いいのぉ」

パジャマの腰が物欲しげにくねる。声もいっそうはっきり聞こえた。秘苑をいじる指は、きっと愛液で濡れ濡れに違いない。

(なんていやらしいんだ、美也子さん)

邦彦は鼻息を荒くして、狭い隙間の向こうを凝視した。見えるのは布団に横たわる腰回りだけで、もどかしくはあったけれど、このさい贅沢《ぜいたく》は言っていられない。

パジャマズボンの中では、手が休みなく動き続ける。肝腎《かんじん》なところは見えなくとも、布がモゾモゾするところを目にするだけで、妄想がふくらんだ。

「ああ、あ、くぅううう」

よがり声も大きい。かなり感じているのは明らかだ。積もり積もった欲望が、抑えきれなくなったかにも映る。

（もしかしたら、ずっと我慢していたのかもしれないな）

これまで、美也子の色めいた声が聞こえたことはない。夫を亡くした後、ずっと貞節を尽くしてきたのだが、いよいよ耐えられなくなったのか。

そのため、隣室に聞かれることまでは考えず、あられもない声をあげているのかもしれない。三十四歳の熟れたボディは、女としての歓《よろこ》びを求めずにいられないようだ。

だとすると、もうひとつ懸念《けねん》されることがある。

（やっぱり、旦那さんのことを思いながらしてるんだろうな……）

亡き夫の面影《おもかげ》に愛しさを募らせ、あるいは夫婦の営みを回想して、自らを愛撫しているのではないか。そんなことを考えると、胸がチクッと痛んだ。

2

ところが、信じられない言葉が聞こえる。

「ああ、館さん──」

いきなり名前を呼ばれてドキッとする。覗いていることがバレたのかと、邦彦は大いに焦った。

しかし、そうではなかった。

「ううう、た、館さんの硬いオチンチン……」

呻くような声に、邦彦は頭に血が昇るのを覚えた。

(美也子さん、おれとのことを思い出しながら、オナニーをしてるんだ)

互いの性器に口をつけた、ほんの一度きりの戯《たわむ》れ。あのとき彼のイチモツは、美也子がおすそわけをしてくれたネバネバ食品のおかずと、彼女の脹《ふく》ら脛《はぎ》マッサージのおかげで、ガチガチに強ばりきったのだ。

それこそ、精力が減退していたのが嘘のように。何しろ、一度射精したあとも、硬いままだったのだから。

その逞《たくま》しい男根の記憶が、未亡人をここまで淫らにしているというのか。

「ああ……ドクドクッて、白いのいっぱいこぼして――」

あられもないつぶやきのあと、喘ぎ声がくぐもったものになる。ピチャピチャと、何かをしゃぶるような音も聞こえた。

(美也子さんがフェラチオをしてる!)

もちろん、本当にペニスをしゃぶっているわけではない。おそらく、指か何かをそれに見立て、口に入れているのだ。

そこまでしなければいられないほどに、いやらしい気分になっているということである。

「んは……オチンチン、美味しい」

艶めいた声に、勃起がビクンと反《そ》り返った。自分のものがしゃぶられている錯覚に陥ったのだ。

チュッ……ちゅぱッ——。

疑似フェラチオの舌鼓に、邦彦は頭がクラクラするようだった。

(美也子さんが、ここまでいやらしいことをするなんて)

男根に見立てたものを吸い舐めながらのオナニー。狭い隙間からでは、顔のほうまでは見えない。おそらく表情をうっとりと蕩《とろ》けさせ、快楽にひたっているのだろう。

もはや辛抱たまらず、邦彦は漲《みなぎ》りきった分身に指を絡めた。未亡人に口淫奉仕をされたときのことを思い返し、はち切れそうなそれをゆるゆるとしごく。動きをセーブしないと、たちどころに爆発するからだ。

「むう……」

洩れる呻きを抑え込み、身をよじりたくなる歓喜にまみれる。今まさに、美也子にしゃぶられているのだと想像するだけで、熱いトロミが屹立《きつりつ》を迫《せ》りあがってきた。

じゅわり――。

多量の先走り液が滴《したた》り、指をヌルヌルにする。それを用いて敏感なくびれをこすると、くすぐったさの強い気持ちよさに、腰が砕けそうになった。

（うう、たまらない）

壁を隔《へだ》てての、自慰の共演。ふたりぶんの快感が相乗効果を生むのか、いつも以上に悦びが大きかった。

と、彼女の左手がパジャマの上着をたくし上げる。そこまでは見えなかったが、乳房も愛撫しだしたようだ。

「ああ、あ、館さぁん」

またも名前を呼ばれ、邦彦は思わず返事をしそうになった。こんなにも求められているのだとわかり、誘う勇気を出せなかった自らを責める。

（美也子さんは、ずっと待ってたんだ。なのに、おれってやつは――）

クンニリングスまでしておきながら、あとは何もなかったのである。邦彦は、やりすぎて嫌われたのかと落ち込んでいた。しかし、美也子のほうは、何もアプローチがないものだから、遊ばれたと思っていたのかもしれない。もっと早くに、本当の気持ちを伝えるべきだったのだ。よし、明日さっそくデートに誘おうと決心したとき、新たな展開があった。

（あっ！）

目玉が飛び出そうに見開く。彼女がパジャマズボンをずりおろしたのだ。それも、中のパンティごと。

女らしく成熟した趣の、柔らかそうな下腹。ナマ白いそこに添えられた手が、秘部を忙しくまさぐる。指のあいだからはみ出した陰毛が、やけに卑猥《ひわい》だ。

（ああ、いやらしい）

鼻息が荒ぶり、いけないと思っても手の動きが速くなる。摩擦される肉茎《にくけい》は、今にも破裂しそうに亀頭を紅潮させていた。

すぐにでもイキたい、精液を出したいと熱望がこみ上げる。先走りが太幹を伝い、陰嚢《いんのう》までも濡らしていた。

だが、自分だけが昇りつめても虚しいだけだ。せめて彼女と同時に、悦楽の高みへと至りたかった。

「あ、ああっ、もう──」

差し迫った声を上げた美也子が、からだの向きを変える。こちらに背中を向けて横臥《おうが》したのだ。

(ああ、美也子さんのおしり)

ふっくらして重たげな双丘《そうきゆう》。ベージュの下着に包まれたものなら、間近で目にした。

けれど、ナマの熟れ尻はこれが初めてだ。

いかにもなめらかそうな、綺麗な桃肌。快感でくねり、ぷりぷりとはずむ姿が、愛らしくもいやらしい。

ふっくらした丸みに、時おりキュッと筋肉の浅いへこみができる。感じている証《あかし》の反応にも、牡の劣情が煽られた。

(うう、もう駄目だ)

邦彦は限界寸前だった。脳が愉悦に蕩け、何も考えられなくなる。

見れば、牝尻と太腿の境界あたりに、濡れた指が蠢《うごめ》いていた。

(ああ、本当にいじってる)

淫らなところを目撃し、いよいよたまらなくなる。ヌルヌル状態の秘茎が、早く出したいと疼《うず》きまくっていた。

そのとき、未亡人が甲高《かんだか》い声をあげる。

「ああ、あ、イク、イッちゃう」

オルガスムスを予告し、豊満な臀部をぎゅんと収縮させる。腰回り全体が細かくわななないた。

（イッたんだ、美也子さん――）

理性が粉砕《ふんさい》され、邦彦も頂上に達した。

「むうううう」

呻き声を抑えきれぬまま、白濁汁《はくだくじる》を噴きあげる。全身が蕩けるような快美感にまみれて。

覗く男と覗かれる女。同時にアクメを迎えて、がっくりと脱力する。

白い艶尻の残像を目に、邦彦は壁から離れた。床に坐り込み、ハァハァと肩で息をする。

目の前の壁に、ザーメンが飛び散っている。後始末をしなきゃと億劫《おっくう》になりながらも、

（よし、明日は絶対に美也子さんをデートに誘おう）

絶頂の余韻の中で、彼は誓うのであった。


翌朝、部屋を出たところで、ゴミ捨てから戻ったらしき美也子と顔を合わせる。

「あ、おはようございます」

「おはようございます」

挨拶を交わすと、彼女はいつものチャーミングな笑顔を見せてくれた。そのあと、恥じらうように目を伏せる。昨晩、はしたない遊戯《ゆうぎ》に耽ったことを思い出したのではないか。

邦彦も未亡人の痴態《ちたい》を脳裏に蘇《よみがえ》らせ、モヤモヤとおかしな気分になる。しかし、今はそんな場合ではない。

「あの、美也子さん」

「え？」

「よかったら、今度ドライブにでも行きませんか？　おれ、車を借りますから」

思い切って誘うと、美也子が驚きを浮かべる。けれど、嬉しそうに口許をほころばせ、上目づかいではにかんだ。

「ええ、是非」

「本当ですか？　じゃあ、次の日曜日に」

「はい。楽しみにしてますわ」

彼女が一礼して部屋に入る。それを見送ってから、邦彦は思わず「ひゃっほう」と跳びあがった。

（よし、美也子さんとデートだ！）

邦彦は、前途が明るく輝くのを感じた。

3

ドライブをするのなら街中よりも、やはり景色のいいところだ。

（海かな、それとも山かな）

当日に美也子の希望を聞いて決定することにし、とりあえず候補を見つくろっておく。それから、前日にレンタカーを借りにいった。

「どういうタイプをお求めですか？」

応対してくれたのは、ちょっと遊び人っぽい、三十路《みそじ》前後と思《おぼ》しき男であった。邦彦がドライブデートで使うことを告げると、

「でしたら、こちらはいかがでしょう」

勧めてきたのは、真っ赤なコンパクトカーであった。

「こちら、足回りと走りがよくて、人気の車種なんです。四駆にもなりますから、ドライブにはぴったりですよ」

「だけど、デートで乗るには小さくないですか？」

たとえ自分の車でなくとも、異性には大きなものを見せつけたい。それが男性である。巨根願望と関係しているのだろうか。

「いえ、デートだからこそ、このぐらいの大きさがいいんです。女性との距離が近くて、より親密な雰囲気になれるんですよ」

なるほど、一理あるなと、邦彦は納得した。

「何より、この車体の色です。鮮やかなレッド。これが女性を燃えあがらせるんです」

「え、どういうことですか？」

「女性は赤に昂奮するんです」

断言され、本当なのかと眉をひそめる。闘牛の牛じゃあるまいしと思ったのだ。

ところが、レンタカーショップの店員は、自信たっぷりに断言した。

「赤というのは、女性をその気にさせる色なんです。で、それが車だと、ますます効果的なんです。なぜなら車というのは、女性にとって男のシンボルでもあるからです」

大きい車を見せたがるのは、巨根願望の表れかと思ったところだったのである。そのため、車が男のシンボルという説を、邦彦は素直に信じてしまった。

「なるほど。だから赤い車がいいんですね」

「そうです。もう、ドライブをするだけで、女性はあなたにメロメロですよ」

そこまで言われると、本当にうまくいきそうな気がしてくる。いかにも女性慣れしているような店員の言葉ゆえ、説得力もあったのだ。

結局、邦彦は勧められるままに、赤いコンパクトカーを借りた。

（よし、これで美也子さんは、おれにぞっこんだ）

ドライブに出かける前から、未亡人をものにできた心づもりになる。

もっとも、彼女は自分を想いながら、オナニーをしていたのである。そう気負《きお》わずとも仲良くなれるはず。

（あまりがっついて、かえって嫌われることのないようにしろよ）

自らを戒める。実際、最初に愛撫を交わしたときも、無理に秘部を舐めたりしたから、そのあと気まずくなったのだ。

今回はドライブを楽しんで、心をしっかり通い合わせることにしよう。まずはそこから始めねば、ちゃんとした関係を築けない。

などと考えつつも、自らをまさぐる美也子の艶声を思い出し、股間を熱くする邦彦であった。


翌日、日曜日——。

朝十時ちょうどに、隣の部屋をノックする。

「はーい」

返事があってすぐに、美也子が顔を出した。

「おはようございます、館さん」

「おはようございます」

にこやかに挨拶を交わしながらも、邦彦の胸は高鳴っていた。

（ああ、今日も素敵だな、美也子さん）

優しい笑顔に心惹かれたばかりでなく、その装いにもときめく。淡いピンク色のサマーニットに、七分丈の白いパンツと、実に爽やかだったのだ。女優さんがかぶるみたいな、ツバの広い帽子も愛らしい。

そして、手にはバスケット。水筒も肩から提げていて、いかにもピクニックにお出かけという感じだ。

(ひょっとして、お弁当を作ってくれたのかな)

女性らしい心遣いのできるひとだから、きっとそうに違いない。

「今日も素敵ですね、美也子さん」

浮かれ気分で褒《ほ》めると、彼女は恥じらって目を伏せた。

「そんなことありませんわ……」

「いえ、とっても似合ってます。あ、ところで、ドライブの行き先ですけど——」

海か山かと訊ねようとしたところ、

「今日はお天気がいいですから、野原でピクニックなんていかがですか?」

と、身なりに相応《ふさわ》しい提案をした。

(やっぱりお弁当をこしらえてくれたんだな)

念のため敷物《しきもの》も用意していたから、ちょうどいい。

「ああ、いいですね。それじゃ、高槻山《たかつきやま》はどうでしょう」

そこはここから西の方向にある。名前に山とついているが、人里離れたところにあるなだらかな丘だ。ピクニックには最適のところである。

「はい。いいと思います」

「それじゃ、行きましょう」

駐車場に停めておいた車に案内すると、美也子は目を輝かせた。

「まあ、素敵な車ですね」

気に入ってくれたようで安心する。

「レンタカーですけどね」

「だけど、館さんが選んでくださったんでしょ？」

「ええ、まあ」

「わたし、こういう可愛らしい車が好きなんです」

でかいばかりの高級車を好むそこらの女性と異なり、庶民的なところにも好感を抱く。だが、彼女の瞳に艶めきが浮かんでいるように見えたものだから、邦彦はドキッとした。

(ひょっとして、赤に昂奮しているのか？)

レンタカーショップの店員が言ったことは、本当だったのだろうか。

だとすると、ドライブ中にいやらしい気分が高まって、お互いをまさぐること

になるとか。いや、自分は運転に集中しなければならないから、

（おれがハンドルを握って、美也子さんはチンコを握ってくれるかも）

ドライブモードで加速して、オイル漏れしてパーキングと、訳のわからないことを考える。

高まる期待を胸に車に乗り込み、いざ出発。ところが、スタートしてから重大なことに気がついた。

（いや、いくら赤が女性を燃えあがらせても、車に乗っていたら関係ないじゃないか）

赤いボディは外側のみで、車内まで赤いわけではない。実際、助手席に坐った美也子は、冷静な面持《おもも》ちであった。

どうしてそのことに気づかなかったのかと、自身の間抜けさに落ち込む。レンタカー屋の店員だけに、口車に乗せられてしまったようだ。

ただ、車そのものは運転がしやすく、なるほど足回りもいい。美也子も気に入ってくれたようだし、これはこれで良しとすべきだろう。

それに、ふたりの距離が近いから、気持ちも近づくようだ。

手をのばせば本当にあちこちまさぐれそうなものの、運転中にそんなことをし

たら事故を起こしてしまう。そもそも、美也子が許してくれるとは思えない。

せめてもと、隣から漂う甘い香りに鼻を蠢かせながら、邦彦は西を目指して車を走らせた。

4

郊外の街を抜けると、牧歌的な景色になる。田園風景の中、人家もところどころにしか見えなくなった。

「いいですね、こういうのんびりしたところって」

美也子がしみじみと言う。邦彦は「そうですね」と相槌《あいづち》を打った。

「わたし、ずっと街中で育ちましたし、田舎の親戚もいないから、こんなふうに広くてのびのびした土地に憧れがあるんです」

「なるほど。じゃあ、いずれはこういうところに住みたいんですか？」

「そういう気持ちはありますね。特に子育てには、自然の豊かな土地がいいと思うんです」

この発言に、邦彦は胸をはずませた。

（子育て……つまり、再婚して子供を作る意思があるってことなんだよな）

そのパートナーとして、是非とも自分を選んでもらいたい。頑張って働いて、こういうところに家を買いますから。

胸の内で訴えて、子作りのことまで考える。牧歌的な風景を眺めながら、勃起的になる邦彦であった。

そのうち、人家も見当たらなくなる。

山間の景色の中、林道を走って着いたところは、なだらかな丘であった。背丈《せたけ》のある芝生みたいな草がいちめんを覆い、絵に描いたようなピクニックに打ってつけの場所であった。

特に駐車場などなく、道から少しだけ草原に入ったところに車を停める。

「まあ、綺麗」

外に出た美也子が感嘆する。両手を広げて深呼吸をし、澄んだ空気を胸いっぱいに吸い込んだ。

オフシーズンでもないのに、他にひとの姿はなかった。もともと穴場っぽいところではあるが、誰にも邪魔されないのはかえって好都合である。

「館さん、あっちへ行ってみませんか？」

「ええ」

ふたりは丘を散歩した。憧れの地で浮き浮きしているのか、早足で歩く未亡人の後ろに、邦彦が続く。

(ああ、素敵だ)

邦彦も感動していた。とは言え、彼の視線は景色ではなく、美也子のヒップに注がれていた。

白いパンツはスパッツ並みにぴっちりで、下半身のなまめかしいラインをあからさまにする。臀部の丸みもリアルに浮かびあがらせていた。おまけに生地が薄いらしく、パンティのラインばかりか、淡い水色も透かしていたのである。

セクシーというよりは、いっそ煽情的な眺め。熟れ尻がぷりぷりとはずむのに合わせ、ペニスもムクムクと膨張する。おかげで歩きづらくなり、彼女から遅れそうになった。

すると、美也子が振り返る。

「はい」

右手を差し出され、一瞬、何のことかわからなかった。だが、すぐに手を繋《つな》いでくれるのだと理解する。

(ああ、なんて優しいんだ)

照れくささを覚えつつ、邦彦は左手を出した。

ふたりの指が絡みあう。恋人つなぎで横に並び、今度はゆっくりと歩いた。

魅惑のヒップラインを堪能《たんのう》できなくなったのは残念ながら、熟女の手指の柔らかさにうっとりする。ペニスを握られたときの感触まで蘇り、分身がビクンとしゃくり上げた。

（まったく、こんなときに）

爽やかな景色の中で、下半身のみ欲をあらわにする。だが、邦彦の浅ましさには気づかないようで、美也子は眩《まぶ》しそうに目を細め、遠くの山々を見やった。

「風が気持ちいいですね」

「ええ」

「ありがとうございます、館さん」

「え？」

「ドライブに誘っていただいて。わたし、こんなに楽しい気分になったのって、本当に久しぶりです」

絡めた指に、彼女がキュッと力を込める。感謝の気持ちを伝えようとするかのごとく。

「おれも、すごく楽しいです」

邦彦が笑顔で告げると、美也子もほほ笑む。ふたりの気持ちがさらに近づいたようだ。

しばらく歩いてから、車のほうに戻る。

「少し早いですけど、お弁当にしませんか？」

未亡人の提案に、邦彦は「はい」と答えた。やっぱりお弁当を作ってくれたのだと、喜びを隠しきれずに。

敷物を出して、車の前方に広げる。美也子がその上にバスケットと水筒を置いた。

「はい、どうぞ」

敷物に坐ると、オシボリを渡してくれる。本当に用意がいい。

もっとも、邦彦は正直なところ、手を拭きたくなかった。彼女の柔らかな手の感触がまだ残っており、それが消えてしまうからだ。

（まあ、これからも手を繋ぐことはあるんだろうし）

自らに言い聞かせ、手を清める。

「何にもないですけど、たくさん食べてくださいね」

広げられたお弁当を見て、邦彦は感激した。

「ああ、美味《おい》しそうだ」

おかずは卵焼きに肉団子の他、ブロッコリーやミニトマトといった野菜も豊富だ。そして、もうひとつの容器にぎっしりと並んでいたのは、稲荷寿司《いなりずし》であった。

「おれ、おいなりさんが大好きなんです」

「ええ。ですから作ったんです」

「え、知ってたんですか？」

「前に話してくださったじゃないですか」

邦彦はそのことを憶《おぼ》えていなかった。何かの世間話の折に話したのだろうか。だが、美也子はそれをちゃんと憶えていて、こしらえてくれたのである。なんて幸せ者なのかと、胸が熱くなった。

「ありがとうございます。いただきます」

邦彦はさっそく、稲荷寿司を手に取った。かぶりつくと、お揚げに染み込んだツユがじゅわっと広がる。

中は寿司飯に白ごまを混ぜたシンプルなものながら、それゆえに味わい深い。いくつでも食べられそうだ。

「すごく美味しいです。これまで食べたおいなりさんの中で、最高です」

称賛に、未亡人が「大袈裟《おおげさ》ね」と、笑顔で睨んでくる。彼女は稲荷寿司を箸で取り、口に運んだ。

そのとき、またも卑猥なことが浮かぶ。稲荷寿司が陰嚢に似ていたからだ。

(ああ、おれのおいなりさんも、食べてくれないかな)

もちろん、本当に歯を立てられたら困る。けれど、口に入れてしゃぶってもらえたら、気持ちよすぎて悶絶《もんぜつ》するかもしれない。

そんなことを考えたものだから、肉団子が睾丸《こうがん》に、ミニトマトが亀頭に見えてくる。まったく、男子中学生並みの妄想力だ。

これも精力が旺盛になったためなのか。おかげでムスコはビンビンで、ズボンの前を突っ張らせた。

それを美也子に見られぬよう、それとなく坐り直す。

「あ、お茶がいりますね」

彼女が保温式の水筒から注いでくれたのは、独特の香りがするお茶だった。それが何なのか、邦彦はすぐにわかった。

「あ、これ、杜仲茶ですね」

「そうです。お好きなんですか？」

「ええ、まあ」

「わたしもです」

チャーミングな笑顔に、決まり悪さを覚える。杜仲茶を愛飲しているのは好きだからではなく、精力をアップさせるためだったからだ。

お弁当が半分ほど進んだところで、美也子がデザートの果物を紙袋から出す。なんと、キウイフルーツであった。勃起力を高めると聞き、邦彦も近頃口にすることが多かった。

（美也子さん、おれのチンポを元気にするために、持ってきてくれたのか？）

あのとき、オクラとモロヘイヤの和え物《あえもの》をおすそ分けしてくれたのもそうだったように、これももちろん偶然なのだろう。

だが、杜仲茶にキウイフルーツと連続したおかげで、稲荷寿司も陰嚢へのオマージュなのかと思ってしまう。それに、キウイフルーツも見た目は玉袋っぽい。

細かな毛の生えた皮を、彼女が果物ナイフで綺麗に剝く。鮮やかなグリーンの果肉までも、妙に卑猥に映った。

「はい。これもどうぞ」

カットしたキウイフルーツが、紙皿に並べられる。と、邦彦のお茶が空になっているのに気づき、美也子が水筒を手にした。

「お茶はいかがですか?」

「あ――い、いただきます」

うろたえ気味にカップを差し出すと、湯気の立つ杜仲茶が注がれる。ところが、キウイフルーツをカットしたあとで、手がすべったらしい。

「あっ」

熟女の手から水筒が離れ、牡の股間を直撃する。

「うわっちちちち」

その水筒は保温機能が抜群で、しばらく冷まさないと飲めないぐらいに、お茶は熱かったのだ。

「あ、ごめんなさい」

美也子が慌てて邦彦のズボンを脱がせにかかる。そのまま穿いていたらやけどをすると思ったのだろう。こういう場合には正しい処置である。

しかし、かなり焦っていたらしい。中のブリーフごと引き下ろしたのだ。

「あ――」

卑猥な妄想続きでエレクトしていたペニスが、白日《はくじつ》の下《もと》に晒《さら》される。それこそミニトマトのごとく赤く腫れた亀頭を目撃し、未亡人は固まった。

（ああ、なんてこった……）

情けなさに苛《さいな》まれ、邦彦は顔を歪《ゆが》めた。せっかくいい雰囲気だったのに、すべてぶち壊しではないか。

「す、すみません。おれ――」

半べそになって股間を両手で隠したものの、すでに遅い。どうして勃起していたのかと咎《とが》められたら、申し開きなどできない状況だ。

すると、美也子がハッとして目を泳がせる。

「い、いえ、わたしのほうこそ」

うろたえ気味に顔を背《そむ》けたものの、またこちらをチラッと見る。頬がやけに赤い。

「あの……やけどはしませんでしたか？」

「ええ、だいじょうぶです」

事実、すぐに脱がせたのがよかったらしく、皮膚はわずかに赤くなった程度で、ダメージはなかった。

「ごめんなさい。手がすべってしまって」

「いえ、美也子さんは悪くありません。おれが悪いんです」

ピクニックを台無《だいな》しにして、申し訳なくて頭をさげる。そこに至っても、分身は威張《いば》りくさったままであった。

「そんな、謝らないでください」

邦彦が落ち込んでいるとわかったようで、彼女が優しい言葉をかけてくれる。そして、手をこちらに差しのべた。

（え？）

強《こわ》ばりを隠す手をはずされ、邦彦は戸惑った。抵抗できぬまま、いきり立つそれを晒すと、柔らかな指が巻きつく。

「くううう」

快美に目がくらみ、たまらず呻いてしまう。睾丸が下腹にめり込むほど、感じてしまったのだ。

「こんなになって……」

つぶやいて、美和子が手をそっと動かす。快感がふくれあがり、邦彦は腰をよじった。

「み、美也子さん」

「こんなになったら、出さないといけませんよね」

「え？」

「……わたしのせいなんですから」

それがどういう意味を含んだ言葉なのか、邦彦はすぐに理解できなかった。

おそらく、自分がお茶をこぼしたために、恥をかかせることになったと言いたかったのだろう。だが、そもそも勃起したのは、彼女のヒップに見とれたためである。

（おれが美也子さんに欲情してたこと、気づいてたのか？）

邦彦は早合点《はやがてん》し、うろたえた。そんなことはないと告げようとして、けれどそれも女性に対して失礼だと気づき、言葉をなくす。

と、何やら考え込むような面持ちを見せていた未亡人が、小さくうなずく。ペニスを解放して表情を引き締め、その場に立ちあがった。

「美也子さん？」

呼びかけても返事をせず、背中を見せる。靴も履かずに、車のほうへ向かった。

気分を害し、その場から立ち去るつもりなのかと焦った邦彦であったが、そうではなかった。彼女は車のボンネットに両手をつくと、おしりを背後に突き出したのである。

「……いいですよ」

掠《かす》れ声が、そよ風に乗って届く。

「え、美也子さん？」

「わたしを、好きにしてください」

その言葉に、邦彦の全身は火が点《つ》いたように熱くなった。

(美也子さん、それじゃ——)

牡の欲望を鎮《しず》めるために、自ら肉体を差し出したというのか。

男を誘うバックスタイルを目にして、一気に発情モードになる。邦彦も立ちあがり、ふらふらと彼女に近づいた。

前屈《まえかが》みのポーズで、丸みがいっそう強調された着衣尻《ちゃくいじり》の、なんとエロチックなことか。パンティラインにも劣情を煽られ、その場に膝をつく。

(うう、いやらしすぎる)

目の高さになった豊臀が、視界いっぱいになる。邦彦は目眩《めまい》を起こしそうに昂った。もはや理性も役立たずとなり、白いボトムに手をかけるなり、無造作《むぞうさ》に引き下ろした。

ぴったりしたパンツは下着も道連れにし、熟れ尻があらわになる。艶やかな肌にはパンティのゴム跡が赤く残り、やけに痛々しく映った。

(美也子さんのおしりだ)

性器を舐め合った関係ながら、こんな間近でナマ身を目にするのは初めてである。壁の隙間から、オナニー中のそこは見たけれど。

少しのブレもない曲線は、美しいことこの上ない。どんな芸術作品だって、これには及ばないであろう。

しかも、彼女は美しい草原で、おしりをまる出しにしているのだ。これもまた、芸術的なシチュエーションだと言える。

とは言え、うっとりと鑑賞してばかりもいられない。ほんのり酸味を含んだ秘臭が、鼻腔に流れ込んだからだ。

(ああ、美也子さんの匂いだ)

以前にも嗅いだ、なまめかしいフレグランス。いくぶんおとなしい感じなのは、戸外にいて匂いが拡散しているからだろうか。

その源泉は、秘毛が囲む淫靡《いんび》な苑《その》だ。開いた花弁《かべん》の狭間《はざま》には、透明な蜜が今にもこぼれそうに溜《た》まっている。

(え、こんなに?)

水色パンティの裏地も確認すれば、そこにも粘っこい露がべっとりと付着していた。

(美也子さん、濡れてたのか)

からだを差し出したのは、自身も昂っていたからなのか。明らかに男を欲しがっているようである。

しかし、いつから濡れていたのだろう。恥蜜《ちみつ》の量からして、たった今こうなったふうではない。

(やっぱり、おれがおしりに見とれていたのに、気づいていたのか?)

男の視線を感じてムズムズし、愛液をこぼしたのだろうか。それとも、手を繋いで歩いたとき、ロマンチックな気分にひたりながらも、女の部分が疼いたのか。

だが、考えてみれば、彼女は一夜限りの交歓を思い出しながら、自慰をしていたのである。その相手とドライブデートをすることになって、期待するところもあったろう。だからこそ、頑張ってお弁当もこしらえたのだ。

(車に乗っているときから、あれこれ想像していたのかもしれないぞ)

邦彦がそうだったように、美也子もまた、妄想をふくらませていたのではないか。

精力が復活してから関係を持った女性たちが、次々と浮かんでくる。女医の玲華も、マッサージ嬢の聖美も、人妻課長の乃里江も、それぞれに女らしさと恥じらいを持ちながら、欲望にも忠実であった。

そうなれば、たとえ貞淑な未亡人であっても、男を求めるのは何ら不思議ではない。彼女もまた、ひとりの女なのだから。

（おれも、美也子さんが欲しい——）

邦彦は素直な感情を胸に、熟れた美尻に顔を埋めた。

「キャッ！」

美也子が悲鳴をあげ、尻を振って逃れようとする。前戯など省略し、すぐにペニスを挿入されると思っていたようだ。

「だ、ダメ……そこ、汚れてるのぉ」

涙声で訴え、尻の谷をせわしなくすぼめる。けれど、その程度で邦彦が怯《ひる》むはずはない。

（やっぱり、これが最高だ）

濃厚なかぐわしさを胸いっぱいに吸い込み、舌でお返しをする。溜まったラブジュースを絡め取り、甘じょっぱいそれをぢゅぢゅッとすする。

「イヤイヤ」

抵抗しながらも、敏感なところを舌で責められ、悦びに溺れてゆくのは前のときと同じだ。彼女はいつしか息をはずませ、剝き身の下半身をワナワナと震わせた。

「ああ、くさいのに……汚いのに」

と、譫言《うわごと》のようにこぼしながら。

縦に割ったキウイフルーツのような女芯に舌を這わせ、杜仲茶よりも味わい深い蜜で喉を潤す。猛《たけ》る肉根が、いっそう力を漲らせるようだ。

男の精力を豊かにするのは、何よりも女性であるのだと、邦彦は改めて思い知った。だが、誰でもいいわけではない。何よりも大切なのは、愛しいという気持ちなのである。

愛しの未亡人の秘苑を、邦彦は丹念にねぶった。そのまま絶頂まで導こうと思ったのであるが、

「お、お願い……もうやめて」

切なさをあらわに懇願され、口をはずす。

(え、どうして?)

匂いも味もとっくに薄らいでいるから、今さらやめても遅いのに。

けれど、彼女が中止をねだったのは、別の理由からだった。

「ね、館さんの、ちょうだい……もう、我慢できないの」

彼女は一刻も早く、逞《たくま》しいモノで貫かれたいのだ。

憐憫《れんびん》に駆られ、邦彦は立ちあがった。反り返るイチモツを前に傾け、華芯《かしん》を抉《えぐ》ろうとしたところで思いとどまる。

(いや、まだだ)

焦らすわけではない。その前に、告げるべきことがあるのだ。

「美也子さん、こっちを向いて」

ボンネットに突っ伏した彼女に声をかける。

「イヤイヤ。恥ずかしい」

秘苑を舐められたあとで、顔を見られたくないのだろう。しかし、邦彦は腕を摑み、強引にこちらを向かせた。

「うう……意地悪しないで」

涙で濡れた美貌に、胸が痛む。

「おれ、美也子さんが欲しい」

真っ直ぐ告げると、未亡人がクスンと鼻をすすった。

「だけど、アソコが大きくなって、射精したいからじゃない。おれは、美也子さんが大好きなんだ。ずっと前から憧れていて、これからずっと大切にしたいって思ってる。だから欲しいんだ」

思いの丈をぶつけると、見開かれた目に涙が盛りあがる。

「うれしい……」

美也子は感極まったふうに、胸に縋《すが》りついてきた。

ふたりの唇が重なる。求めるように強く吸い、舌を絡め合った。

くちづけは、彼女のほうが積極的であった。邦彦の唇や、口内を舐め回す。クンニリングスで付着したものを清める意味もあったのではないか。

甘い唾液をたっぷりと呑み、全身に情愛が満ちる。ペニスもいっそう硬くなった。

そこに、しなやかな指が巻きつく。

「むふッ」

邦彦は太い鼻息をこぼした。

「はぁ……」

くちづけをほどき、美也子が大きく息をつく。手にしたものを愛おしむようにしごいた。

「すごく立派だわ。このあいだよりも」

悩ましげに眉根を寄せ、悦びに身を震わせる男を見つめる。

「わたしも、館さんが好き」

はにかんだ告白に、嬉しくて涙ぐみそうになる。

「ね、本当に、わたしのことを大切にしてくれるの？」

「もちろん」

「意地悪しない？」

「約束する」

「洗っていないアソコを舐めたりしない？」

これには、邦彦は返答に窮《きゅう》した。しかし、この期《ご》に及んで偽《いつわ》りは述べられない。

「それは約束できない。だって、美也子さんのアソコは、おれにとって素晴らしいものなんだ。そのままの匂いも味も、おれは大好きだから」

大真面目に述べることで、彼女も拒みきれなくなったらしい。

「ヘンタイ」

顔をしかめてなじったものの、仕方ないというふうに表情を和《やわ》らげた。

「じゃあ、それは保留するわ。だけど、わたしが絶対にされたくない意地悪だけは、許さないからね」

「え、なに？」

「わたしを、ひとりぼっちにすること」

そう言って泣きそうになった美也子を、邦彦は強く抱き締めた。

「約束するよ。絶対ひとりにしないから」

「うん……」

「それから、家族もいっぱい作ろう。二度と寂しい思いをしなくて済むように」

「ありがとう、館さん――」

ふたりは唇を交わした。情愛の行き交うキスに、身も心も重なったよう。

「……ね、して」

吐息をはずませ、未亡人がおねだりをする。いや、もはや彼女は、未亡人ではないのだ。

「うん。いっぱい可愛がってあげるよ」

告げると、美也子は再び背中を向けた。ボンネットに突っ伏し、たわわなヒップを掲げる。

この場で交わるには、この体位が最適なのは間違いない。だが、彼女がそうしたのは、おそらく顔を見られるのが恥ずかしいからなのだ。

(可愛いひとだ)

愛しさで胸をいっぱいにして、邦彦は濡れた苑を貫いた。

「はあァッ!」

美也子がのけ反り、極まった声をほとばしらせる。しとどになっていた膣《ちつ》は、肉根を難なく迎え入れた。

(ああ、とうとう——)

奥まで入り込んだ分身は、温かな締めつけを浴びている。本当にひとつになれたのだ。

「気持ちいいよ、美也子さんの中」

「うう、いやぁ」

恥じらう三十四歳が、成熟した下半身をくねらせる。

「ね、動いて」

せがまれて、邦彦は腰を前後に送った。最初はゆっくりと。次第にスピードを上げて。

「あはっ、あ――くふぅううう」

美也子は裸の下半身をくねらせて喘いだ。

逆ハート型のヒップに、肉色の棒が見え隠れする。それは早くも白い濁りをまといつかせ、生々しさを際立たせた。

(いやらしすぎる……)

淫らな匂いを立ち昇らせる結合部が、グチュッと卑猥な音をこぼす。下腹と臀部のぶつかりも、小気味よい音を打ち鳴らした。

「ああ、あ、もっとぉ」

歓喜の声にも、快感が高まるよう。

(うう、気持ちいい)

これまでで最高のセックスに酔いしれる。ペニスも元気ビンビンで、中折れの心配は微塵《みじん》もない。

(こうなったのも、あの週刊誌のおかげなのかな)

あれがきっかけで下半身が力を取り戻し、美也子ともふれあえたのだ。もちろん、他にもたくさんのひとや食べ物が、自分を元気にしてくれた。

すべてのものに感謝しつつ、目の前の愛しいひとを感じさせることに徹する。鉄のごとき如意棒《にょいぼう》を、膣奥めがけて突き挿れた。

「あ、あ、あ、いい、いいの」

草原のそよ風が、嬌声を運ぶ。世界中に届けばいいと、邦彦は思った。ふたりのことを、みんなに伝えたい。

「すごいの……ああん、こ、こんなの初めてぇ」

彼女のよがり声にも、男の活力がいっそう漲《みなぎ》るよう。力強いピストンで、女体を責め苛む。

「くううう、か、感じる」

順調に上昇する美也子は、ひょっとしたら赤い車にしがみつくことで、いっそう高まっているのだろうか。

緑の中の真っ赤な車。この体位はまさにプレイ・バックだ。一度だけではおさまらず、パートⅡもⅢもいけそうである。

そんなことを考えながら、邦彦はリズミカルに腰を振り続けた。

双葉文庫

た-26-46

蘇《よみが》えれ！ 淫狼《いんろう》

2018年3月18日　第1刷発行

【著者】
橘真児《たちばなしんじ》

【発行者】
稲垣潔
【発行所】
株式会社双葉社
〒162-8540 東京都新宿区東五軒町3番28号
［電話］03-5261-4818(営業)　03-5261-4833(編集)
www.futabasha.co.jp
（双葉社の書籍・コミックが買えます）
【印刷所】
中央精版印刷株式会社
【製本所】
中央精版印刷株式会社

【表紙・扉絵】南伸坊
【フォーマット・デザイン】日下潤一
【フォーマットデジタル印字】飯塚隆士

ISBN978-4-575-52096-5 C0193
Printed in Japan